It's time to remember

Moses Arndt
Chaostage

Moses Arndt, der Pate des deutschen Punk. Lenkte ein Jahrzehnt die Geschicke des legendären Hardcore-Fanzines ZAP. Danach Betreiber mehrerer Tattoo- und Piercing-Studios. Studium der Medizin und heute praktizierender Arzt mit Schwerpunkt Entspannungsverfahren, daneben jedoch auch Lasertherapie zur Entfernung von Tattoos. Die Ergebnisse seines heutigen künstlerischen Schaffens können auf der Webseite www.Praxis-Dr-Arndt.de begutachtet werden. Züchtet in seiner spärlichen Freizeit Kampfhunde und berbexbacher Killerkaninchen.

»Chaostage« ist sein erster Roman. Die von Tarek Ehlail gedrehte Verfilmung kommt Ende 2008 in die Kinos.

4. Auflage September 2008
ISBN 978-3-930559-54-1
Druck: FVA, Fulda

Ventil Verlag
Augustinerstraße 18, 55116 Mainz
www.ventil-verlag.de

Inhalt

Dank geht an alle,
die mich zu diesem Buch
inspiriert haben.

Skinhead Girl!

Kämpf' für deine Ehre!

Anita nahm die Millionen und aber Millionen genetischer Informationen, die sich im Laufe eines Milliarden Jahre dauernden Evolutionsprozesses entwickelt hatten, wie einen erfrischenden, erregenden Nektar in sich auf, als sie spürte, wie sich die warme Flüssigkeit in ihren Mund ergoß.

Anfangs hatte sie mit diesem ungewohnten Gefühl Schwierigkeiten gehabt, mittlerweile verfügte sie jedoch über genügend Erfahrungswerte und verschluckte sich kaum noch, wie es zu Beginn ihrer Karriere regelmäßig der Fall gewesen war.

Das eben noch heftig und nach urgeschichtlichen Befehlen zuckende Stück Fleisch glitt nun prall, aber merklich geleert, aus ihrer feuchten Mundhöhle. Die Schleusen der Flutkammern des gut funktionierenden Schwellkörpers waren weit geöffnet.

Zufrieden wischte sie mit dem Handrücken die spärlichen Reste von Millionen und aber Millionen genet... und nun an ihren Mundwinkeln klebten, ab.

Sie hatte ganze Arbeit geleistet. Eddie, der Anführer der Naziskins, lächelte sie mit debilem Blick an, als er seinen wieder auf normale Größe zurückgefluteten, immer noch leuchtend roten Schwellkörper in die beigefarbene Sta-Prest gepackt und die Hose zugeknöpft hatte. Das gut sicht- und auch schmeckbare Ergebnis ihrer Tätigkeit verschaffte ihr eine Art von Befriedigung, nach der sie regelrecht süchtig geworden war.

Sie hatte bei dieser Art von Sex noch nie einen Orgasmus gehabt. Manchmal kam es bei ihr nicht mal zur Produktion dieser streng riechenden, aber durchaus wohlschmeckenden Körperflüssigkeit, welche sich im Laufe eines Milliarden Jahre dauernden Evolutionsprozesses entwickelt hatte und die optimalen chemischen und physikalischen Bedingungen eines Gleitmittels besaß, welches je nach Bedarf in manchmal wirklich erstaunlichen Mengen produziert werden konnte. Das Gefühl, in diesem Moment Macht über die Männer zu besitzen, selbst oder gerade wenn es noch so harte, supercoole Machos waren, war einfach unvergleichlich.

Die Typen, egal ob Skins, Punks oder Hippies, wollten alle nur das eine und versuchten, es auf die eine oder andere Art zu bekommen.

Sie waren die Sklaven der Flutkammersysteme ihres Schwellkörpers. Sie liebte es, diesen bedauernswerten Wesen in einer Mischung von totaler Unschuld und Verschlagenheit zu verstehen zu geben, daß sie bei ihr eventuell schnell zum Ziel kommen könnten, um das komplizierte biologische Meisterwerk des männlichen Körpers auf den Prüfstand schicken zu können.

Sie war die erste Vorsitzende des Technischen Überwachungs-Vereins für körperhydraulische Anlagen. Auf ihrem Fachgebiet nicht zu übertreffen.

Hatten die Jungs einmal von ihren Fähigkeiten gekostet, waren sie durch logische Argumente nicht mehr davon zu überzeugen, daß es eventuell vielleicht besser sei, sein ganzes Dasein nicht auf die Funktion von irgendwelchen Schleusen, Flutkammern und den Ausstoß von Millionen und aber Millionen ..., zu reduzieren.

Gehirne wurden reihenweise ihrer ursprünglichen Funktion beraubt.

Die graue willenlose Masse in den Köpfen schien sich langsam aufzulösen und über geheime Kanäle in die beiden Produktionsstätten zwischen den Beinen der ehemaligen Vertreter der

Spezies Mensch zu gelangen, von wo aus sie unter ungeheurem Druck an die Außenwelt verschwendet wurde.

Der stampfende Trommelwirbel der Sümpfe hatte neue Anbeter gefunden. Irgendwo in einem Paralleluniversum mußte ein riesiger Planet mit dem Inhalt ehemaliger Männergehirne existieren. Es konnte einfach nicht wahr sein, daß all das, was sich einst an Gedanken, Träumen und Wünschen in den Schädeln dieser armseligen Figuren befand, unwiederbringlich in die Außenwelt abgespritzt wurde.

Oder war es wirklich so, daß all diese Schätze in dunklen, warmen, feuchten Höhlen verschwanden oder bestenfalls auf der zarten Haut einer Göttin, in verkrusteter Bettwäsche oder auf einer verklebten, nach einem Putzlappen schreienden Klobrille landeten?

Nach einem kostenlosen, unverfänglichen Probelauf mit Anita waren die Träger von Produktionsstätten mit urgeschichtlich geprägtem Inhalt nur noch Butter in ihren Händen. Sie kannte keine Gnade.

Es ging ihr einfach nur darum, diese bemitleidenswerten Kreaturen »süchtig« zu machen, Macht über sie auszuüben und zu sehen, wie sie sich reihenweise zum Affen machten. Je mehr desto besser.

Es existierten keine Logik und kein Verstand mehr. Sie war die Herrin der Triebe.

So konnte es geschehen, daß sie selbst als Ausländerin in der Clique der durchweg nachgewiesen reinrassigen Faschoskins ein anerkanntes, vollwertiges Mitglied war. Jeder einzelne dieser Trottel lebte in der Hoffnung, irgendwann mal den Inhalt seines mittleren Körperbereiches in eine ihrer Körperöffnungen ergießen zu können. Ein unvergleichliches Erlebnis, welches Eddie gerade ausgiebig genossen hatte.

Eigentlich hieß sie gar nicht Anita, sondern Juanita und war waschechte Spanierin, ohne allerdings ein Wort Spanisch sprechen zu können.

Sie lebte seit ihrer Geburt in Deutschland, hatte das Land, dessen Paß sie bei sich trug, noch nie besucht, war aber in ihrem tiefsten Inneren wirklich stolz darauf, eine Spanierin zu sein.

Sie gehörte einem Volk an, welches einst den halben amerikanischen Kontinent und andere Teile der Welt erobert und zu den potentesten Kolonialmächten aller Zeiten gehört hatte.

Äußerlich konnte man sie mit ihrer weißen Haut, trotz ihrer schwarzen Haare und ihrer geringen Körpergröße, für eine waschechte Mitteleuropäerin halten.

Ideologisch wurde ihre Zugehörigkeit zu der rassistischen Schlägerbande, mit der sie seit einiger Zeit die Gegend terrorisierte, damit kaschiert, daß Franco ebenfalls ein aufrechter Faschist gewesen war.

Außerdem stand die spanische Nation an der Front zu Afrika ihren Mann gegen die Niggerinvasion und die Rauschgiftflut, die bekanntlich auf Europa zurollte und bereits in Sturmwellen an den Fundamenten der Zivilisation der weißen Rasse nagte.

Demzufolge konnte man getrost deutsche Schwänze in spanische Mösen stecken. Hitler hätte garantiert Verständnis dafür gehabt, daß Eddie gerade seine komplette echt arische genetische Informationssammlung in Juanitas Speiseröhre gespritzt hatte, denn immerhin hatte er den Spaniern auch die Legion Condor geschickt, um seinem Kameraden Franco zu helfen und den roten Zecken, den Kommunisten und Anarchoschweinen den Garaus zu machen.

Anita hatte immer die smartesten Klamotten an, welche sie massenweise von einem besonders blödsinnigen Skin geschenkt bekam. Dieser glaubte, sich durch den Kauf von Tonnen von Perrys, Ben Shermans, Harringtons usw. usw. ihre Zuneigung oder – um es anders auszudrücken – einen Platz, für eine Ladung von Millionen …, in einer ihrer Körperöffnungen oder zumindest auf ihren Wunschträumen pubertierender Dreizehnjähriger ergattern zu können. Natürlich war er damit schief gewickelt. Sie ließ ihn weiterhin wie eine ganze Reihe anderer Vertreter der sogenannten weißen Rasse an der Angel zappeln, saugte ab und zu spontan und heimlich den Schwellkörper von Eddie, der ihr dafür seinen Schutz garantierte und ihre Position in der Clique sicherte, was ein ziemlich harter Job war, denn die anderen Renees inclusive Eddies Freundin waren über Anitas plötzliches Auftauchen überhaupt nicht erfreut.

Sie konnten ihr zwar nichts nachweisen, aber am liebsten hätten sie ihr die Kehle durchschnitten, weil sie genau wußten, welche Macht sie über die Kerle hatte.

Außerdem war sie eine stinkende Kanakin, aus Spanien obendrein und das gehörte doch fast schon zu Afrika?

Eddie verließ das immer noch extrem nach Pisse stinkende Bahnhofsklo. Ein extremer Geruch, den er vorher dank seiner intensiven Schwellkörperbetätigung gar nicht registriert hatte, peinigte nun seine Nase.

Nachdem er seine Sta-Prest nochmals penibel entlang der Bügelfalte geglättet hatte, marschierte er auf die anderen zu.

Anita zupfte das graukarierte Ben Sherman Kurzarmhemd

zurecht und sprühte sich noch ein wenig von ihrem herben Männerparfüm hinter's Ohr, welches sie aus Mangel an tanklastergroßen Vorräten hin und wieder aus dem Besitz ihres großen Bruders, der ein völlig belangloses, langweiliges Popperdasein fristete, entwendete. Das kitschige Parfüm kam sogar bei den ihrer Meinung nach asozialen Punks ganz gut an, mit denen sie hin und wieder auch verkehrte, was in diesem Falle durchaus im übertragenen Sinne des Wortes verstanden werden kann. Die Punks wußten größtenteils nichts von ihrer rechtsradikalen Gesinnung. Sie war der festen Überzeugung, daß Hitler der größte Politiker aller Zeiten gewesen war.

Das Ian Stuart Farbposter, das sie sich mühevoll hochkopiert hatte, steckte nicht ohne Grund in dem goldenen Bilderrahmen, der einst ein Jugendfoto ihrer Oma aus Andalusien geschmückt hatte.

Gerade eine Woche vorher war sie auf der Geburtstagsfeier von Ike gewesen, einem Mitglied des gefürchteten Flexheadsordens, vor dem die brutalsten Naziskins inclusive Eddie Respekt zeigten.

Die Flexheads hatten es selbst zu Zeiten der ersten großen Skinwelle, die Anita nicht miterlebt hatte, geschafft, ihre Stadt völlig glatzenfrei zu halten, womit sie in Deutschland so gut wie alleine auf weiter Flur standen. Sie hatten nicht mal ansatzweise das Aufkommen einer Skinheadkultur geduldet.

Selbst wenn einzelne ehemalige Punks plötzlich auf den Ska-Trip kamen und mit entsprechendem Outfit auftauchten, nach wie vor garantiert keine Nazis waren, wurden sie gnadenlos niedergemäht.

Auf der Feier, welche in Maxes, einem weiteren alten Flexhead, Innenhof stattfand, waren außer den Flexheads noch jede Menge andere APPD-Mitglieder versammelt. Die Anarchistische Pogo Partei Deutschlands, die APPD, war die Dachorganisation der Flexheads, diese wiederum waren die Eliteorganisation der SSSSS, der Super-Sicherheits-Saal-Schutz-Securitate, welche eine Unterorganisation der APPD darstellte.

Als sie auf der Party ankamen, herrschte bereits eine ausgelassene Stimmung. Aus dem leicht angeschmolzenen Recorder, der direkt neben dem Feuer plaziert war, ertönten in größtmöglicher Lautstärke abwechselnd NORMAHL, HASS und anderer Deutschpunk.

Der Sound brach sich an den von Unkraut überwucherten Wänden des Altbauinnenhofes, gab eine außergewöhnlich schrottige Geräuschkulisse wieder, die das apokalyptische Gesamtbild treffend untermalte. Hier und da sah man ein knutschendes Pärchen zwischen den Brennesseln stehen oder einen einsamen Trinker, der mit der Flasche in der Hand auf seinem Stuhl eingeschlafen war.

Dichte Wolken mit dem angenehmen Geruch von erstklassigem Gras stiegen in kurzen Intervallen in den Himmel und in die Lungen vieler Anwesender. Um zehn Uhr war es bereits stockdunkel und von den Gestalten, die abseits der etwa einen Meter hohen lodernden Flammen des unfreiwillig etwas breitflächig angelegten Feuers saßen, konnte man nur noch die Konturen erkennen. Zu den Klängen der beiden mickrigen Boxen gesellte sich der übliche Geräuschpegel, immer wieder unterbrochen von den Schreien der von den durch die Luft fliegenden brennenden Holzscheite Getroffenen.

Irgendwo in der Menge mußte ein stockbesoffener Pyromane unterwegs sein, denn blieb eins der glühenden Holzstücke liegen, stapelte sich sogleich alles nur verfügbare brennbare Material, von Holz über Bierkästen bis zu Kleidungsstücken, um den neuen Brandherd, so daß nach kurzer Zeit eine ganze Reihe von kleinen Feuerchen über den Hof verteilt zu finden waren, die allerdings mehr durch ihren beißenden Qualm als durch ihre nur zentimeterhoch lodernden Flammen auf sich aufmerksam machten. Das Brennmaterial wurde trotz der phantasievollen Sammelwut knapp, oder, um es treffender auszudrücken, einige der Anwesenden verlangten nach immer höheren Flammen. Die anfangs schon beachtliche Größe des Hauptfeuers war für sie mit zunehmendem Rausch uninteressant geworden.

So wurden zunächst sämtliche Hocker und Stühle von den Sitzenden gesäubert und nachgelegt, es folgte der einzig verfügbare Tisch und das Plastikvordach. Zwischendurch fand immer mal wieder eine ganz normale Holzpalette ihren Platz in der Gluthitze, um dann von einem der zahlreich umherfliegenden blauen Bierkästen überschmolzen zu werden. Die ins Feuer geworfenen Kanonenschläge ergaben leider nicht den gewünschten Effekt, sondern verpufften mit einem dumpfen, kaum hörbaren Knall.

Während Anita mit Steffen, dem jungen Punk aus Regensburg, der eine ihrer Lieblingsgruppen, VIOLATORS, auf die Jacke gepinselt hatte, ins Gespräch verwickelt war, beschlossen zwei andere Regensburger, barfuß durchs Feuer zu laufen. In ihrem von stark promillehaltigem Blut durchspülten Gehirn erinnerten sie sich an diverse Fernsehreportagen, die besagten, daß man bloß keine Angst haben dürfe und mit etwas Konzentration locker und ohne Schmerzen durch die Glut laufen könne. Schnell waren die Doc Martens und die obligatorischen weißen Tennissocken aus dem Sonderangebot der mächtigen Einzelhandelskette ALDI von der Haut gestreift. Vier im Mondlicht weiß schimmernde Füße standen am Rande des Feuers.

Harry kam ohne Probleme durch, obwohl er am Ende der zwei Meter langen Strecke die Geschwindigkeit merklich beschleunigte. Pits Schrei, den er aus den Tiefen seines Innersten ausstieß, als über einhundert Kilogramm Lebendgewicht seinen Fuß von oben in den rot glühenden ehemals rostigen Nagel, welcher aus den Überresten einer alten Holzpalette herausragte, hineindrückte, war dagegen alles andere als unmerklich.

Weder Steffen noch Anita, die gerade einen Schuh ausgezogen und ein Hosenbein bereits heruntergestreift hatte, ließen sich dadurch in ihrem Tun in der geräumigen Abstellkammer unterbrechen.

Anita tropfte eine manchmal etwas streng riechende, aber durchaus wohlschmeckende Körperflüssigkeit, welche sich im Laufe eines Milliarden Jahre dauernden Evolutions…, auf den sauber geschrubbten Kachelboden. Auch die beiden Punks, die sich besoffen und reichlich bekifft zum Erstaunen der wenigen noch aufnahmefähigen Beobachter völlig schmerzunempfindlich in einer Art Kindergartenringkampf durch die Scherben wälzten, ließen von ihrer sportlichen Betätigung nicht ab, obwohl der Kleinere der beiden eine ziemlich große Scherbe in seinem Schienbein stecken hatte und die Wunde verdammt stark blutete.

Pit hatte dagegen instinktiv mit einem schnellen Ruck den Fremdkörper aus seinem Fuß entfernt und humpelte, sich das kaum blutende, pochende, pulsierende Stück Fleisch mit beiden

Händen haltend, quer über den Hof. In diesem Moment flog wie von Urgewalten gesteuert eine Kühlschranktür durch das geschlossene Fenster in den Innenhof. Senf, H-Milch, Karottensaft und Mayonnaise mischten sich mit Blut, Pisse und Bier zu einem handwarmen Sud, während direkt neben dem Feuer eine Rauchbombe explodierte, die die Qualmentwicklung der vielen kleinen Brandherde und die Ergebnisse der abgeschossenen Leuchtspurmunition und Raketen bei weitem übertraf.

Das mußte eine der Rauchbomben gewesen sein, welche ihnen aus irgendwelchen Armeebeständen in die Hände gefallen war. Wirklich allererste Ware. Die sollte beim nächsten Riot eingesetzt werden. Die Bullen würden garantiert ganz schön Panik kriegen, wenn plötzlich unter ihrem Streifenwagen oder der Wanne eine solch eindrucksvolle Rauchwolke hervorquellen würde.

Ike hatte sich die Adresse des Versandhauses, bei dem es dieses kostbare Material zu erstehen gab, bereits notiert. Pit war mittlerweile mit seinen hochgewickelten Bundeswehrhosen barfuß durch die Brennesseln gehüpft und auf der anderen Seite des Hofs angekommen. Hier war der Luftraum relativ frei von umherfliegenden Gegenständen und Geschossen.

Er drehte vorsichtig die Fußsohle und betrachtete die Wunde, wobei er unweigerlich den Eindruck gewann, am Rande des größten noch aktiven Vulkans dieser Erde zu stehen, den Blick gespannt auf den unendlich weit entfernten kaum mehr sichtbaren Boden dieses Naturwunders gerichtet, in der bangen Erwartung verharrend, daß es gleich zu einer Eruption kommen würde, die mit ihrem reinigenden Feuer den gesamten Dreck und Abschaum dieser Erde hinwegbrennen würde.

Mit dem heruntergelassenen Hosenbein konnte Anita ihr goldenes Dreieck weit öffnen und Steffen ließ sich von seinem hervorragend funktionierenden biohydraulischen System regieren, so als wäre es zum letzten Mal, daß die Kammern seines Schwellkörpers mit der kostbaren roten, mittlerweile stark mit Alkohol und THC angereicherten Flüssigkeit gefüllt worden wären.

Mit beiden Händen hielt er sich an den anscheinend genau für diesen Zweck geschaffenen, wunderbaren, weißen, weichen Hinterbacken fest. Er hatte Anita dabei im Eifer des Gefechtes vom Boden hochgehoben und an das Wandregal der Abstellkammer gedrückt. Er hatte dadurch eine optimale Eingleitbahn und konnte den unteren Teil seines Körpers ohne große Anstrengungen nach vorne und hinten bewegen. Während sie ihre Beine hinter seinem Rücken zusammenklammerte und so einen bequemen Halt fand, schwappte im Regal, an das er sie drückte, der Inhalt der Domestos- und Meister-Proper-Flaschen im Takt der Trommeln eines indonesischen Kannibalenstammes hin und her und gipfelte schließlich wie zu erwarten im rhythmischen Auswurf von Millionen und …

Draußen explodierte gerade ein Kracher genau neben dem Kopf einer Nachwuchspunkerin, was eine derbe Fleischwunde und ein halb abgerissenes Augenlid nach sich zog. Vor Schreck und Schmerzen schreiend wälzte sich die Fünfzehnjährige auf der mit Hundekacke bedeckten kleinen nicht mit Brennesseln bewachsenen Rasenfläche. Reaktionsmuster aus der Zeit der Höhlenmenschen hatten ihr den Tip dazu gegeben.

Gerade als der schon mehrere Stunden schwelende Brand im Dachstuhl des einstöckigen Hauses, an dessen Fassade das

Feuerchen nur noch armselig vor sich hinloderte, vollständig ausbrach, verließ Anita zusammen mit dem verletzten, stark blutenden Mädchen und drei anderen Punks das Gelände der mittlerweile schon stark gelichteten Party.

Steffen drehte den Kopf der kleinen, süßen Punkette behutsam in den Schein der Straßenlaterne und blickte in die Wunde, wobei er unweigerlich den Eindruck gewann, am Rande des größten noch aktiven Vulkans dieser Erde zu stehen, den Blick gespannt auf den unendlich weit entfernten, kaum mehr sichtbaren Boden dieses Naturwunders gerichtet, in der bangen Erwartung verharrend, daß es gleich zu einer Eruption kommen würde, die mit ihrem reinigenden Feuer den gesamten Dreck und Abschaum dieser Erde hinwegbrennen würde.

Das Geburtstagskind hatte auf der Betontreppe, ins süße Reich der Träume versunken, nicht mehr mitbekommen, daß die anderen seine überwiegend aus Rasierschaum bestehende und mit Chinaböllern gefüllte Torte bereits zur Explosion gebracht hatten.

Eines war klar: Die Flexheads waren garantiert keine Warmduscher, auf ihren Parties sollte man eindeutig Helmpflicht einführen. Feuerfeste Kleidung konnte ebenfalls nicht schaden. Antia war froh, daß sie ohne größere Blessuren, sie hatte lediglich ein zwischen den Beinen verklebtes Höschen und den Abdruck von zwei Regalbrettern im Kreuz zu beklagen, von der Party weggekommen war.

Als Anita das Bahnhofsklo verließ, begegnete sie auf dem Weg zum Brunnen, um den herum sich die anderen wie jeden Nachmittag nach und nach gruppiert hatten, Eddies Freundin

Marlene, welche gerade auf dem Weg zum Kiosk war und sie angiftete.

»Wo warst du denn die ganze Zeit?«

»Wenn du das so genau wissen willst, dann gib mir doch einen Kuß, dann wirst du es vielleicht schmecken«, hätte sie ihr am liebsten mit einem süffisanten Grinsen ins Gesicht gesagt, aber sie behielt diese Demütigung lieber für sich, sparte diese panzerbrechende Munition für einen späteren Zeitpunkt auf und ging wortlos an der Frau, die in ihr eine Rivalin sah, vorbei. Anita sah dagegen in dem Skinheadgirl, das schon seit fünf Jahren mit Eddie zusammen war, keine Konkurenz. Eddie war sowieso nur ein Spielzeug für sie, aber zugegebenermaßen hätte sie gerne mal ihre Zunge in Marlenes feuchte Spalte gesteckt und sie damit ganz genüßlich und langsam zum Wahnsinn getrieben.

Sie liebte den Geschmack der manchmal etwas streng riechenden aber durchaus wohlschmeckenden Körperflüssigkeit, welche sich im Laufe eines Milliarden Jahre dauernden Evolutionsprozesses entwickelt hatte und die optimalen chemischen und physikalischen Bedingungen eines Gleitmittels besaß, welches je nach Bedarf in manchmal wirklich erstaunlichen Mengen produziert werden konnte.

Wirklich jede, die sie bisher gekostet hatte, schmeckte anders, jedesmal war es von neuem eine angenehme Überraschung.

Es machte ihr immer wieder erneut Spaß, die saftigen Felder der Lust regelrecht auszuschlürfen. Wenn sie nur daran dachte, konnte sie den Geschmack auf ihrer Zunge förmlich spüren, und ihr eigener Lusthügel schwoll merklich zu einem feuchtheißen, pulsierenden, sämtliche klaren Gedanken aufsaugenden Etwas an.

Sex speziell mit Skinmädels gehörte zu ihren liebsten Phantasien. Darin unterschied sie sich wohl in keinster Weise von der Masse der anderen Glatzen, mit dem Unterschied, daß sie eine Frau war.

Zeitweise sogar der Meinung, ausschließlich lesbisch zu sein, war sie mittlerweile zu der Erkenntnis gekommen, daß sie lediglich hochgradig bi veranlagt sein könnte und ihr der gelegentliche Sex mit der Hippiefrau aus ihrer Klasse genügte.

Der rauhe brutale Ton innerhalb der radikalen Straßen-Skinszene gefiel ihr. Die furchtsamen, teils bewundernden Blicke, welche ihnen die verängstigten Spießer zuwarfen, waren nicht von schlechten Eltern und Balsam auf ihrer seit frühester Kindheit verspotteten Seele.

Bevor sie Eddie und seine Gang kennengelernt hatte, war sie mit einem totalen Mamasöhnchen zusammen gewesen. Sie hatte sich mit dessen Clique in irgendwelchen todlangweiligen New-Wave-Discos rumgetrieben.

Im Bett war der Typ eine Pflaume gewesen. Bei den Skins war sie wenigstens die Herrin der Triebe und diese üblen Gestalten waren genau die richtigen Objekte für ihre zwischenmenschlichen Experimente, da sie willenlos ihrem Hormonhaushalt folgten.

Die ferngesteuerten Schlafanzüge der New- und Darkwaveszene, die zuvor ihre Opfer darstellten und in ihrem Selbstmitleidspool gedichteschreibend vor sich hinvegetierten, wobei der ausgiebige Griff in die Puderdose den heulenden Weltschmerz auch nach außen hin dokumentierte, konnten sie nicht mehr reizen.

Auf sexueller Ebene war in ihrem ehemaligen Jagdgebiet der Schwarzkittel außer ein paar romantischen Fesselspielchen nicht viel zu holen gewesen. Hier und da wurde zwar im Extremfall mal ein bißchen mit dem Skalpell geschlitzt, aber das war's dann auch schon. Meistens nur Gerede und viel Show.

»Ich hätte Bock, heute mal wieder ein paar Homos zu tollschocken«, formulierte Helmi, einer der kräftigeren der Glatzen, mit dem filigranen Feingefühl eines achtjährigen japanischen Violinisten elegant, um damit seinen innersten Wünschen angemessenen Ausdruck zu verleihen. Er stieß auf schweigende Zustimmung.

»Was glotzt du mich so blöd an« blökte Eddie Anita entgegen, als diese zufällig seinen Blick streifte.

Der äußere Schein mußte immerhin gewahrt bleiben, keiner sollte merken, daß selbst Eddie nur ein hilfloses Stück Treibgut im Sturzbach seiner urgeschichtlichen Säfte war. Sie warteten, bis Marlene vom Kiosk zurückkam und bewegten sich Richtung Bahnhof, wobei Helmi fast an einen Laternenpfahl lief, weil er nach sechs Flaschen Bier seinen Blick nicht von Anitas runden Träumen pubertierender Dreizehnjähriger lassen konnte, wofür er von Eddie ein »Kannst du nicht geradeaus laufen, du Penner« kassierte.

In der Unterführung lag ihnen ein wohnungsloser, verdreckter, asozialer Alkoholiker im Weg, aber nachdem sie neulich bereits einen Obdachlosen halb totgetreten und ihm seinen kümmerlichen fettigen Hut inklusive 3,80 Mark gestohlen hatten, ließen sie dieses leichte Opfer an diesem Nachmittag in seiner eigenen Scheiße und Pisse liegen.

Sie würden noch öfters diese Unterfühtung durchqueren, und irgendwann würden sie ganz sicher in besserer Laune sein. Ihr

Blutdurst hatte heute noch nicht den richtigen Pegel erreicht, genau wie der Alkoholspiegel. Außerdem waren alle noch etwas verkatert von dem STÖRKRAFT-Konzert gestern abend.

Sie waren erst am frühen Morgen zurück gekommen, da sie sich auf dem Nachhauseweg von dem einsam gelegenen Parkplatz irgendwo in den Wäldern, wo der Gig zwischen Miet-LKWs, Zelten, Bauernskins und Langhaarigen, von denen sie einen zur Zufriedenheit aller ausgeknockt hatten, mächtig verfahren hatten. So bestiegen sie den Zug Richtung Innenstadt.

Der Tanz auf dem Vulkan

»So ein verdammter Dreck! Hoffentlich gibt das keine beschissene Entzündung.« Mit angestrengtem, überaus skeptischem Blick, der einem Horst Tappert in seinen besten Jahren zur Ehre gereicht hätte, blickte er auf die klaffende Wunde.

Die Stirn in Falten, die an Dicke die Wellen des stümperhaft verlegten, nach Katzenpisse stinkenden schwarzen Teppichbodens im Wohnzimmer ihrer echt duften Punk-WG übertrafen, schaute Kralle auf den bloßgelegten Ringfingerknöchel seiner rechten Hand, genau der Hand, der in manchen Kulturen eine ganz besondere Bedeutung zukommt.

In weiten Teilen der Erde ist es verboten, sich mit der rechten Hand den Hintern abzuwischen, wer beispielsweise das Pech hat, ein geborener Linkshänder zu sein, besitzt nicht nur ein sehr geringes Ansehen in der Gesellschaft, sondern kann unter Umständen echte Nachteile und Diskriminierungen erfahren.

Man kann sogar als eigentlich berechtigter Thronfolger um seine Krönung gebracht werden, da Linkshänder sich genetisch bedingt mit der »falschen« Hand den Hintern abputzen. Eine Tatsache, die erst kürzlich einem Automechaniker aus Mannheim, welcher ursprünglich aus Ghana stammt, zum Verhängnis wurde. Die Medien berichteten. Kralle hatte den Beitrag im Regionalfernsehen gesehen.

In Mitteleuropa taten vor gar nicht allzu langer Zeit breite Teile der Bevölkerung mit Hilfe des ausgestreckten rechten Arms ihre politische Meinung kund. Kralle wiederum gebrauchte seine Rechte häufig, um eben solchen immer noch reichlich vorhandenen Vertretern der Gesellschaft, die von Zeit zu Zeit sogar in Horden auftraten, einen Trunk aus der Schnabeltasse zu verschaffen, was ihn allerdings immer wieder durch die Verknüpfung unglücklicher Umstände in nervenaufreibende Komplikationen verwickelte

Ein Schlag aufs Freßbrettchen hatte seiner Meinung nach noch keiner dieser Kreaturen geschadet, und so betrieb er diese Form der etwas grobschlächtigen, aber nicht sehr zeitaufwendigen Psychotherapie trotz der angedeuteten hin und wieder auftretenden Schwierigkeiten mit wachsender Begeisterung.

Eine professionelle Kauleistenmassage konnte, wie die Praxis bewiesen hatte, gegen allerlei Krankheiten, wie etwa das sich zu bestimmten Anlässen epidemieartig ausbreitende Zucken des rechten Armes, eine sinnvolle Ergänzung zu anderen Maßnahmen darstellen.

Die Wunde blutete kaum. Der Riß war nur etwa eineinhalb Zentimeter lang, dafür jedoch verdammt tief. Deutlich konnte Kralle den weißen Knochen in dem kleinen roten Krater aus aufgeplaztem Fleisch leuchten sehen. Er hatte den Eindruck, am Rande des größten noch aktiven Vulkans dieser Erde zu stehen. Den Blick gespannt auf den unendlich weit entfernten, kaum mehr sichtbaren Boden dieses Naturwunders gerichtet, in der bangen Erwartung verharrend, daß es gleich zu einer Eruption kommen würde, die mit ihrem reinigenden Feuer den gesamten Dreck und Abschaum dieser Erde hinwegbrennen würde.

Eigentlich müßte er langsam dazulernen. Er war schließlich kein Berufskonfirmant, keine Luftpumpe, sondern ein gestandener, mit allen Wassern der Straße gewaschener Kleinstadtboy mit Großstadterfahrung.

Es war nicht mal drei Monate her, seit er auf einem Straßenfest im mit Glassplittern und Hundescheiße übersäten Hinterhof eines pseudobesetzten Hauses in der Nähe des Unigeländes, in dem es vor Losern, Geistesgestörten und Drogenabhängigen nur so wimmelte, eine interessante Erfahrung bei einer kurzen, extrem brutalen Suffschlägerei sammeln durfte.

Die Hauerei, an deren Anlaß sich wie sooft keiner der Beteiligten hundertprozentig erinnern konnte, hatte die Heftigkeit des Frontalaufpralls eines beladenen Kieslasters auf einen vollbesetzten Schulbus und mindestens soviele Verletzte zur Folge.

Nach dem Schlag eines völlig wirkungslosen rechten Kopfhakens an den Schädel eines der zahlreich anwesenden Pseudopunks, der ihn kurze Zeit vorher voll posermäßig um 'ne Mark angeschnorrt hatte, war er nach hinten getorkelt und in den abgebrochenen, völlig versifften, nach Blut schreienden Hals einer Bierflasche der Marke Lindener gefallen.

Zumindest hatte er es so aus dem dichten Nebel der Vergangenheit hervorgekramt und somit seine Beteiligung an der Schlägerei vor sich selbst ausreichend gerechtfertigt. Er haßte die Ferienpunks mit dem Interrailticket in der Tasche, die während der Sommermonate die Iros hochstellten, für sechs Wochen mit dem Zug durch ganz Europa fuhren, sich in der Szene breitmachten, jede Menge Mist bauten und schließlich pünktlich zum Schulbeginn mit entschärften Frisuren und abklingender bzw. bereits ganz ausgeheilter Krätze oder Schleppscheiße wieder ihren Lehrern in den Arsch krochen und sich von Mami richtig ernähren ließen.

Selbst die gefürchteten Wochenendpunks waren ihm da noch lieber. Die nisteten sich wenigstens nicht über Nacht irgendwo ein und waren nicht so peacemäßig drauf wie diese modernen, als Punks verkleideten Hippies mit ihren unsäglichen Rucksäcken, die schon bei flüchtigem Hinsehen geradezu danach winselten, verarscht, geschädigt und beraubt zu werden.

Er haßte diese Freizeitpunks, die in einer kurzen Phase ihres Lebens den wilden Max markierten, sich jedoch bei aller vordergründigen Revolte und Radikalität stets das Hintertürchen zur Berufsausbildung oder zum Studium, finanziert durch Papis Kohle, offenhielten, um irgendwann, nachdem sie für einige Zeit tierisch das Maul aufgerissen hatten, sang und klanglos im bürgerlichen Leben zu verschwinden.

Die Vorstädte waren voll von solchen Suckern, die ihre Umwelt mit ihren tollen Großstadtabenteuern aus den Sommerferien nervten.

Er hatte schon genügend dieser Kreaturen kommen und gehen gesehen. Die Intervalle, in denen ganze Szenebesatzungen ausgetauscht wurden, wurden immer kürzer. Viele dieser Poser waren heute gerade mal für einen einzigen Sommer Punk, um in ihrem späteren »Leben« rumposaunen zu können, daß sie in ihrer Jugend auch mal ausgeflippt waren und eine wilde Zeit hatten.

Natürlich stets mit der Erkenntnis in der Tasche, daß »unser System« doch gar nicht so schlecht ist. Immerhin kann man sich als Arschkriecher prima darin einrichten.

Dafür, daß viele dieser Spacken nur für wenige Wochen den Geschmack von Freiheit und Abenteuer kosteten oder besser gesagt aushielten, machten sie unglaublich den Lauten. In der Regel galt folgende Gleichung: Je kürzer die Rebellion, umso größer das Maul in dieser Phase. Danach war natürlich Sense, Funkstille.

Rebellion war in diesem System untrennbar mit Pubertät verbunden. Aufstand und Revolte auf Jugendliche beschränkt.

Da irgendwann jeder Mensch kein Jugendlicher mehr ist, zumindest was »ihre« Definition betrifft, nehmen auch Aufstand und Revolte den unausweichlichen Gang aller irdischen Dinge.

Diejenigen, die sich trotz unaufhaltsam fortschreitender biologischer Uhr ihr rebellisches Bewußtsein bewahren und teilweise, man höre und staune, sogar danach leben, werden von den meist unwahrscheinlich früh erwachsen gewordenen Jugendlichen höchstens noch mit einem mitleidigen Lächeln bedacht.

Ohne Neid mußte Kralle anerkennen, daß der teuflische Plan, das System so vor wirklichen Veränderungen zu schützen, prächtig funktionierte.

Die Mehrheit der erwachsen gewordenen Jugendlichen ist mit dem Warenangebot zufrieden und kann sich in der Regel sogar etwas davon kaufen. Es besteht kein Bedürfnis für pubertären Quatsch wie Rebellion. Immerhin muß jeder seine eigene Existenz sichern, und das wird von Tag zu Tag härter, wie jeder mit halbwegs Durchblick aus den immer dreister geschönten Nachrichten herauslesen kann. Kralle mußte bei dem Gedanken, wie sie sich alle mehr und mehr das Kreuz verbogen, um in ihrer selbst gewählten Normalität den Ansprüchen gerecht zu werden, unweigerlich lächeln.

Es gab für ihn nichts Schöneres, als zu beobachten, wie das langsam aber sicher zerbröselnde, marode System mit jedem Stadium des Zerfalls von allen Beteiligten … vor allem von denen, die wirklich die Verarschten in diesem System waren, schöner geredet wurde.

Realität und Fiktion wurden zu einem irren Brei vermischt, der das System stets positiv und unabänderlich erscheinen ließ und sich in immer durchgeknallteren Fernsehprogrammen auf immer mehr Sendern manifestierte. Früher hatte er über die Gründe, warum er eigentlich Punk geworden war, ab und zu noch nachdenken müssen, heute drückte er einfach einen x-beliebigen Knopf der Fernbedienung.

»Warum ist bloß keiner dieser barfüßigen Scheißhippies oder wenigstens einer ihrer dreckigen Köter vor mir in diese beschissene Scherbe getreten?« war der erste Gedanke, der ihm beim Anblick des ein paar Stunden vorher noch völlig intakten Ringfingerknöchels brühwarm durch das zugenebelte Hirn schoß. Kralle hatte wie so oft die Arschkarte gezogen. Bei fast jeder Schlägerei passierte ihm ein ähnliches Unglück wie in diesem Fall mit der verdreckten Bierflasche, in die er gestürzt war.

Was er nicht wußte: Sehr wahrscheinlich waren kurz zuvor tatsächlich der nackte stinkende Fuß eines Hippies, eine Hundepfote, Kot, Pisse, Blut oder irgendwelche anderen Nettigkeiten mit dem Fremdkörper in Berührung gekommen, der ihn soeben so leicht wie ein heißes Messer die Butter geschnitten hatte.

Dabei hatte alles so friedlich angefangen. Nach einem kleinen Umtrunk im vertrauten Kreis, was soviel wie die gnadenlose Vernichtung von drei Paletten Karlsquell zum Klang eines Crashmakers bedeutete, aus dem ununterbrochen RESISTANCE 77, ATTAK und SECTION 5 dröhnten, hatten sich Spider, Nudel und Dina, die ihn gerade in seinem Feriendomizil in der Südstadt besuchten, schon mal verabschiedet, um sich unterwegs zu besagtem ereignisreichen Straßenfest noch eine Pommes mit Majo an ihrer Stammimbißbude zwischen Zollbehörde und Hauptbahnhof zu genehmigen. Kralle mußte sich allerdings zuerst noch die Haare hochstellen, was bei der momentanen Länge beträchtliche Zeit in seinem Alltag in Anspruch nahm und zudem volle Konzentration verlangte.

Außerdem bot sich bei dieser Gelegenheit im Badezimmer mit Sicherheit die Möglichkeit, seine mittlerweile vor Überdruck schon schmerzenden Produktionsstätten von Millionen und …, von ihrer tonnenschweren Last zu befreien. Als er sich genußvoll seinem Schwellkörper zwischen den Beinen widmete, dessen Flutkammern gut gefüllt waren, stellte er sich vor, wie er im Stehen Dina von hinten von der Funktionsfähigkeit des Körperglieds, das er gerade fest in der Hand hielt, überzeugte, so wie er sich gerade selbst eindrucksvoll davon überzeugen konnte. Während sie nach vorne gebeugt ihre beiden schneeweißen Träume pubertierender Dreizehnjähriger knetete, drang ihm, zumindest in seiner lebhaften Phantasie, aus dem schweißnassen Spalt zwischen ihrem drallen Hinterteil, in dem momentan sein von Blut durchflutetes Meisterwerk der Biomechanik im Dunkel versank, ein ihm wohlbekannter Geruch in die Nase, den er in diesem Moment richtiggehend auf der Zunge schmecken konnte. Unweigerlich sammelte sich eine ganze Menge Speichel in der dafür vorgesehenen Körperöffnung, während mittlerweile aus den Boxen im dahinter liegenden Zimmer VICE SQUADs »Stand Strong Stand Proud« schallte und ihn Beki Bondages unglaublich erotische Stimme weiter anheizte.

Seine rechte Faust imitierte noch einmal gründlich, so gut es eben ging, den angenehm feuchten, warmen Platz, der ihm zur Zeit leider verschlossen blieb, da Dina unverständlicherweise in diesen Tagen nichts von ihm wissen wollte und sämtliche ihrer überaus interessanten Pforten für ihn verschlossen blieben.

Als sich Millionen und … schließlich ihren Weg ins für sie offiziell nicht bestimmte Licht der gelben Glühbirne bahnten und nach kurzer Flugphase unsanft anstatt auf dem Boden des warme Geborgenheit versprechenden, dunklen, pulsierenden, tiefen Schlundes, auf der harten klebrigen Oberfläche einer schwarzen Klobrille landeten, die schon seit längerer Zeit keine Bekanntschaft mehr mit einem Putzlappen gemacht hatte, war die Enttäuschung groß. Teilweise flog die Ladung sogar direkt ins kalte Wasser des Toilettenabflusses.

Immerhin hielt Kralle anstandsmäßig das angeschwollene Ding zwischen seinen Beinen in Richtung Schüssel, als der Luftraum über dem Klo kurzfristig von für diesen Ort inzwischen bekannten Flugobjekten durchpflügt wurde. Im Gegensatz zu Spider, der zu Hause in ihrer WG hemmungslos überall Millionen … ablagerte, wo ihn gerade die Lust dazu übermannte, besaß er noch einen Überrest von Manieren, wie er es gerne bezeichnete. Ja, er hatte als Fünfzehnjähriger mit Hundehalsband sogar die Tanzschule besucht. Außerdem waren die vier in Uwes Wohnung lediglich Gäste. Dieser hatte es einfach nicht verdient, daß die genetischen Fingerabdrücke irgendwelcher Leute woanders als in der Toilette zurückblieben, weshalb Kralle sogar die schwarze Brille gründlich mit dem ausnahmsweise reichlich vorhandenen Klopapier abwischte, um die Keime des Lebens, die, vom Schock sicher schon getötet, im kalten Wasser des Abflusses trieben, zusammen mit dem verklebten Papier in die unendlichen Abgründe der Kanalisation zu spülen, wo sie ihr ewiges Grab zwischen Albinokrokodilen, Fäkalien und Fehlgeburten finden würden.

Zugegebenermaßen hatte er allerdings kurzfristig mit dem Gedanken gespielt, den Duschkopf abzuschrauben und dort einen frischen Teil von sich abzulagern, denn Uwe hatte bei einem vorangegangenen Besuch in ihrer Stadt im Vollsuff auf die Eckbank in der Küche gepißt, sich zum Ausgleich aber später darin zum Schlafen gelegt. Das hatte wenigstens noch einen Funken Niveau und Stil und sprach für Uwes guten Charakter. Kralle ließ Gnade vor Recht ergehen und war sich sicher, daß garantiert noch eine bessere Gelegenheit für eine zuckersüße Racheaktion kommen würde. Außerdem war Beki Bondage ungefähr zum gleichen Zeitpunkt wie er fertig geworden. Das setzte seinem kleinen Sexualakt das Sahnehäubchen auf. Er liebte diese Frau aus Bristol, die er noch nie vorher gesehen hatte, und es gab keine weitere Veranlassung, sich noch eine Minute länger in der Wohnung aufzuhalten.

Als er nach einem kleinen Zwischenstop in der »Post«, einer halbwegs akzeptablen Prollkneipe, die sogar COCKNEY REJECTS, SHAM 69, STRANGLERS und CLASH in der nikotingelben Musikbox zur Auswahl hatte und vor deren Tür er zufällig auf Mark gestoßen war, weiterzog, hatte er bereits etliche Kümmerling und Bierchen getankt. Schließlich erreichte er ohne größere Vorkommnisse das Straßenfest. Immerhin war er noch aufnahmefähig genug, um zu registrieren, daß die anderen noch nicht da waren.

Zu diesem Zeitpunkt konnte er nicht wissen, daß die drei nach dem fußgängertechnischen Überqueren eines frisch polierten Zuhälterwagens in eine sehr unangenehme Situation geraten waren, der sie sich nur durch die Flucht in einen nahegelegenen Kindergarten entziehen konnten. Um einem nonverbalen Platzverweis des Luden und seiner beiden Goldkettchen tragenden

Kollegen zu entgehen, welche das unauffällige Apartmenthaus gegenüber verließen, um auf der Motorhaube ihres Mercedes Cabriolet Spider Trampolin springen sehen zu können, mußten sie jedoch einen ziemlich harten Sprint hinlegen.

Den Zugang zu der geschlossenen sozialen Einrichtung in diesem Arbeiter- und Sozialhilfeempfängerviertel verschafften sie sich mittels eines gezielten Tritts aus Spiders umfangreichem Kampfsport-Repertoire, welches er in Anbetracht der professionellen und stark adrenalinüberfluteten Gegner gegen menschenähnliche Wesen zur Zeit nicht anwenden wollte.

Diese läppische Sachbeschädigung brachte ihnen wiederum einen kleinen Disput mit der gleich darauf ungewöhnlich schnell auftauchenden Polizei sowie einen doch relativ amüsanten Abend auf der Wache ein.

Die Fahrt in dem Six Pack und die Unterbringung in den eigentlich für Polizeihunde vorgesehenen Käfigen des Kleinbusses war zwar nicht sonderlich komfortabel, aber immer noch angenehmer, als sich bestens versorgt auf der Liege eines Krankenwagens auf dem Weg zur Intensivstation zu befinden.

Die drei bodygebuildeten Solariumneger mit den bescheidenen Goldverzierungen an Hals und Fingern, den blonden Strähnchen und der dauergewellten Brustbehaarung, welche durch die dezent aufgeknöpften Hemden sehr gut zur Geltung kam, hatten keine Anzeige erstattet, sondern wollten die Sache wohl nach ihren eigenen Regeln, den berühmt-berüchtigten Gesetzen der Straße, abklären.

So kamen Spider und Co. dicke Mauern, bewaffnete Wächter, Stahltüren und ein äußerst stabiles Gitter zwischen ihren zarten zerbrechlichen Alabasterkörpern und der feindseligen, ungerechten und brutalen Außenwelt an diesem Abend ausnahmsweise überhaupt nicht ungelegen.

Nudel vertrieb sich in ihrem vollständig gekachelten stabilen Hotelzimmer, welches mit einer Luxusholzpritsche ausgestattet war, die Zeit, indem er eine Wolldecke in das Zellenklo stopfte und unaufhörlich den Abzug der Spülung zog. Schon nach kurzer Zeit stand nicht nur die Zelle, sondern der gesamte Flur unter Wasser, und auch der Penner aus Zimmer drei, den die Cops ein paar Stunden vorher im Vollrausch im Park aufgelesen hatten, hatte etwas davon. Eine Aktion, die ihnen in manch anderer Wache sicher mehr als nur ein paar böse Blicke und das Rumgemotze und Türgehämmere des dickbäuchigen Schließers eingebracht hätte.

»Ihr Dreckspunker! Immer das gleiche mit euch. Wenn ihr so weiter macht, kommt ihr in die Garage oder in die Kellerzellen, dort könnt ihr euch dann austoben«, und nach einigen Minuten »Wenn ihr meine wärt, ich würd euch den Arsch versohlen.«

Spider spielte derweil, auf der Pritsche sitzend, mit aus den Resten eines Lotteriescheins angefertigten Figuren, den die Bullen ihm nicht abgenommen, der ihm allerdings auch keinen Sechser im Superjackpot beschert hatte, gegen sich selbst Mühle. Wenigstens dabei gewann er.

Dina döste in ihrer Zelle alleine vor sich hin und las vor lauter Langeweile zum wiederholten Mal die in den Putz eingekratzten Sprüche. Historisch interessante Informationen wie »M. I love you forever and ever and ever«, »Ratte, Geli und Jenni, Chaos-Tage 82 – Wir kommen wieder!« oder »Klaus, ich hasse dich!«

waren deutlich zu entziffern. Ihr fiel nichts ein, was sie hinterlassen könnte.

Damals hatte Kralle sich den kleinen Finger der gleichen Hand so gut wie abgetrennt. Die abgetrennte Kuppe hing, nur noch durch einen sehr instabil wirkenden Fetzen Fleisch mit dem Rest verbunden, neben dem Knochen, baumelte in der stinkenden Luft, die nach dem Rauch eines Feuers roch, in dem alles, was an brennbarem Material auffindbar war, verglühte.

Geschockt starrte er das dünne weiße Stäbchen an, welches zu den elementaren Bausteinen seines Skelettes gehörte und aus dem blutigen Stumpf seines ehemals voll funktionsfähigen Fingergliedes herausragte, als urplötzlich aus dem Nichts ein total verdreckter Assi-Punk in rot-weiß gestreiften Hosen, zerfetzten Converse und einem unsäglichen Pippi-Langstrumpf-T-Shirt auf der Bildfläche auftauchte.

»Nichts« bedeutete in diesem Zusammenhang soviel wie aus dem nicht erfaßbaren, stark eingeschränkten Wahrnehmungsraum seines ausgeprägten Tunnelblicks. Diese abgerissene Gestalt, die Kralle, falls er sie brennend im Straßengraben finden würde, nicht mal anpissen würde, nahm die halb abgetrennte Spitze seines Lieblingsfingers in die nikotingelben, verkrusteten Griffel, um mit einer kurzen eleganten, schmerzlosen Drehung den Fetzen fachmännisch über den Knochen zu stülpen und somit in seine ursprüngliche Position zu versetzen. Sein Körper war fast wieder der alte.

Kralle revidierte sogleich seine Meinung. Dieser Waldschrat agierte, als wäre er der Chefarzt der Chirugie-Notaufnahme-Station persönlich, welcher gerade von einem Kongreß für das

Gebiet fernöstlicher, schmerzfreier Medizin in einem nicht näher bezeichneten asiatischen Land zurückgekehrt wäre, um nun seine neu erworbenen Kenntnisse glücklicherweise genau an Kralle auszuprobieren. »War doch gar nicht so schlimm!« grinste ihn ein von Karies und Parodontose gezeichnetes Gebiß unter den verstaubten Dreadlocks an.

Diese Zähne dürften zum letzten Mal Anfang der Siebziger eine Bürste aus unmittelbarer Nähe gesehen haben, dafür allerdings täglich jede Menge THC-haltigen Rauch sowie Zucker in Form aller verfügbaren Erscheinungsformen dieser Erde.

Er überlegte kurz, ob er dem jungen Chefchirugen im Pippi-Langstrumpf-T-Shirt um den Hals fallen und abküssen oder ihn vielleicht doch besser als Vorhermodell für Zahnprotesenwerbespots vermitteln sollte, um dadurch als Manager steinreich zu werden.

Der schlechte Atem des medizinischen Naturtalents und der langsam aber konkret spürbar aufkeimende Schmerz setzten seinen Plänen, sich mittels einer gewinnbringenden Vorhermodellagentur endlich eine gesicherte Existenz aufzubauen, vorläufig ein Ende.

Die Hand sah nach dieser gelungenen Operation auch ohne nette Krankenschwestern und Vollnarkose zwar wieder halbwegs annehmbar aus, begann aber so zu bluten, daß sich die Eruption des letztmaligen Ätnaausbruchs dagegen wie das stetig laufende, erkaltete Rinnsal aus der defekten Klospülung des Linksaußen-Lokus im »Franken«, einer seiner Stammkneipen, ausnahm.

Er beschloß, ein Krankenhaus aufzusuchen, um die Vorteile der westlichen Zivilisation und die Geborgenheit einer nächtlichen Großstadt zu genießen.

Das soziale Netz sollte an diesem Abend in vollen Zügen ausgekostet werden, schließlich hatten es seine Eltern als waschechte Mitglieder der ohne Bewußtsein vor sich hinvegetierenden Arbeiterklasse mitaufgebaut, und er hatte ein Anrecht darauf, auch wenn sich sein »Beitrag« zur Allgemeinheit bisher auf die Inanspruchnahme von BAFÖG, Arbeitslosen- und Sozialhilfe beschränkt hatte.

Seine Eltern hatten sich als Schlosser und Putzfrau kaputt geschuftet, dieses Land aus dem Dreck gezogen und zu einer der führenden Wirtschaftsnationen der Welt gemacht. Er war der festen Überzeugung, daß ihm das Geld, das sie dank ihres frühen Ausscheidens aus dem Leben vom Staat nicht mehr zurückbekommen würden, auf Heller und Pfennig zustünde.

Immerhin hatte die Rentenkasse durch den kostengünstigen Abgang seiner Eltern zwei vollständige Pensionärsgehälter eingespart. In so einem Ausnahmefall war es wohl nur gerecht, wenn er die Möglichkeiten des immer grobmaschiger werdenden sozialen Netzes bei jeder Gelegenheit auskostete, um sich zumindest einen Bruchteil der Beiträge, die sich seine Familie zum Funktionieren dieses Systems aus den Rippen geschnitten hatte, zurückzuholen.

Im angenehm gleißenden Neonlicht der Notaufnahme, in die er sich immerhin alleine und zu Fuß begeben hatte, ohne den sonst üblichen Fahrdienst eines Krankenwagens zu beanspruchen, wartete Kralle entspannt auf das, was ihm der Staat für die treue Aufbautätigkeit seiner Eltern, unter der er schließlich auch zu leiden gehabt hatte, da sie aufgrund der ständigen Arbeit kaum Zeit für ihn hatten, nun angedeihen lassen würde.

Zunächst wurde er von der Schwester mit den riesigen Erhebungen in ihrem von akuter Knopfsprengung bedrohten prallen weißen Kittel und danach von dem mit abartigem Mundgeruch gesegneten jungen Assistenzarzt, der wohl zum ersten Mal Nachtdienst in seiner hoffentlich kurzen Laufbahn hatte, nach allen Regeln der Kunst zusammengeschissen.

Auf stinkende Besoffene mit abstehenden Haaren und dicken Ledernietenjacken, die so bescheuert waren, in kaputte Flaschenhälse zu fallen, welche danach schrien, Punkerfinger abzutrennen, hatte man hier offensichtlich keinen besonders großen Bock.

Im Stationszimmer mit der praktischen Liege und dem bequemen Tisch warteten sicher viel bessere Zeitvertreibe auf die beiden in voller Geschlechtsreife stehenden Angestellten des Gesundheitswesens. Kralle malte sich lebhaft aus, wie der Assistenzarzt den Kittel der Nachtschwester zum Platzen brachte und ihr dabei seinen ekelhaften Mundgeruch ins Gesicht stieß. Er war ganz sicher nicht der letzte Kunde dieser Art an diesem Abend auf dieser Station in dem heruntergekommenen Krankenhaus in der Nähe des Hauptbahnhofs. Dementsprechend nachlässig vernähte der um sein sexuelles Vergnügen gebrachte Schnösel im weißen Kittel mit den nicht sehr vertrauenserweckenden gelben Flecken den Finger mit drei Stichen, ohne die Wunde vorher gründlich gereinigt zu haben.

Im Nachhinein hegte Kralle eine vielleicht durchaus nicht unberechtigte Verschwörungstheorie.

Der arrogante Idiot von Arzt, der garantiert an diesen tristen Ort strafversetzt worden war, hätte ganz sicher viel lieber die Produktionsstätten seiner genetischen Informationen in die Nachtschwester entleert, anstatt an Kralle rumzudoktern. Aus

Frust hatte er ihm absichtlich etwas von seinem Zahnbelag in die Hand hineingenäht, weil er in Kralle einen dreckigen Schmarotzer der Gesellschaft sah, der nur auf seine Kosten lebte, und den er schlicht und ergreifend zum Kotzen fand.

Und was zählte in einer Zeit von »Schwarzwaldklinik« und Organhandel noch der »Hypothetische Eid« oder wie dieses Ding von den alten Griechen hieß?

Das Resultat dieses kleinen medizinischen Experimentes, Dr. Mengele läßt grüßen, war verheerend. Im Ansatz gab es hier sicherlich Parallelen zu dem wichtigen Mediziner des Dritten Reiches; und der stinkende Zahnbelag, oder was auch immer für bakterienhaltige Substanzen in den Patienten hineingenäht worden waren, taten ihre Wirkung.

Am Sonntagnachmittag wachte Kralle mit einem stechenden Schmerz auf, der sich bis zum Ellenbogen hochzog und ihn erneut an die Existenz Gottes glauben ließ. Auf jeden Fall stammelte er sinngemäß etwas wie »Lieber Gott, bitte mach, daß ich das nur träume« Richtung Himmel. Mit Himmel ist die gelbe Blümchentapete an Kralles Zimmerdecke gemeint.

Von einer Hand konnte in diesem medizinisch sehr interessanten Stadium keine Rede sein. Vielmehr trug er am Stumpf seines Armes einen dicken Eitersack, der ihm weder den allmorgendlichen Griff zwischen die Beine und die damit verbundene Freisetzung von Millionen … noch sonst irgendwelche Annehmlichkeiten erlaubte.

Als Kralle am darauffolgenden Montag bereits um acht Uhr bei seinem Hausarzt auf der Matte stand, war das Ding, das vormals ein menschliches Greifwerkzeug gewesen war, feuerrot und auf die dreifache Größe angeschwollen. Eine Art Tischtennisschläger, allerdings etwas dicker und weicher. Finger und Handrücken bildeten eine Fläche, die mit an Sicherheit grenzender Wahrscheinlichkeit vermuten ließ, daß innerhalb der nächsten Minuten ein Wesen aus einer anderen Welt aus der bedrohlich pulsierenden Oberfläche herausplatzen würde, um die Erdoberfläche mit noch nie dagewesenem Terror, Krieg, Vernichtung und Krankheit zu überziehen und die Menschheit bis auf ihren allerletzten Vertreter auszurotten.

H. R. Giger hätte Kralles Phantasien kaum besser in die Realität umsetzen können.

Dr. Zeßner öffnete sofort die maschendrahtzaunstraffen, sich in das ehemals noch gesunde Fleisch einschneidenden Nähte, lispelte irgend etwas von Kolibakterien und Sehnenentzündung und daß mit etwas Pech die ganze Hand amputiert werden müßte, in seinen graugelben von Kaffee durchtränkten Bart.

Kralle sah sein über alles geliebtes Gliedmaß schon in der trüben Flüssigkeit eines schmutzigen vakuumverschlossenen Einmachglases irgendwo im Geräteraum eines Schulchemielabors oder an irgendeiner Universität dahin schwimmen, als Dekoration des tristen Vorlesungssaales mißbraucht.

Schlagartig beschäftigte ihn die wichtige, sich geradezu penetrant aufdrängende Frage, was eigentlich mit amputierten Gliedmaßen im allgemeinen passierte. Ob diejenigen, die einen Teil ihres Körpers aus welchen Gründen auch immer an das medizinische Personal abtreten mußten, bestimmen konnten, ob dieser für die Öffentlichkeit oder für das angenehm anonyme Krematorium eines x-beliebigen Krankenhauses bestimmt war?

Wußten die ehemaligen Besitzer von Armen, Beinen, Fingern, Blinddärmen, Tumoren, mißgebildeten Babys überhaupt, daß ihre Teile in irgendwelchen dunklen Abstellkammern in irgendwelchen Provinzgymnasien in beschissenen vakuumverschlossenen Einmachgläsern bis ans Ende aller Zeiten umherschwimmen mußten?

Es folgten tägliche Besuche in der Praxis direkt am Messeplatz, in deren Verlauf eimerweise Eiter aus der mittlerweile wieder offenen Wunde gequetscht, Spritzen gesetzt, Verbände gewechselt und Pillen verabreicht wurden. Tagelang mußte er den gesamten Arm ruhig halten, trug eine äußerst unbequeme Schiene, lag halb besinnungslos in seiner schon lange nicht mehr frisch verkrusteten Bettwäsche und litt unter einem schmerzbringenden Stau genetischen Informationsmaterials, da ihm selbst die standardisierte morgendliche Unter-der-Bettdecke-Entspannung entsagt blieb.

Ohne die Arzthelferin, welche er noch aus seiner Schulzeit kannte, hätte er diesen medizinischen Eingriff sicher nicht überlebt, sondern wäre eines Morgens mit geplatzter Schädeldecke, infolge akuten Überdrucks genetischer Informationen, tot in seinem Bett aufgefunden worden, was ihm trotz des erbärmlichen Zustandes seiner Bettwäsche nicht einmal peinlich gewesen wäre.

Als er Judith kennengelernt hatte, war diese drei Klassen unter ihm gewesen. Daß sie mittlerweile allerdings ebenfalls die Geschlechtsreife erreicht hatte, konnte er spätestens erkennen, als sie sich eines Morgens, er lag gerade auf der Verbandsliege, ungefähr zwei Meter von ihm entfernt nach vorne beugte und dabei einen Blick auf die beiden mit einer leichten Zellulite überzogenen weichen Rundungen freigab, in welche ihre Oberschenkel mündeten und in deren Mitte ein Ausblick sichtbar wurde, der ihm fast die Sehkraft raubte.

»Äh, hat es irgendwas zu bedeuten, daß du kein Höschen trägst?«

»Normalerweise trage ich immer eins, aber heute ist mir verdammt heiß, außerdem dachte ich, daß ich dich als ehemaligen Schüler unserer Schule ein wenig bevorzugt behandeln muß.«

»Ich glaube, du willst mich verarschen! So was gibt es doch nur in billigen Pornofilmchen oder schlechten Schundromanen.«

»Manchmal ist die Realität härter als jedes Buch«, sagte sie verschmitzt. »… und die aufregendsten Geschichten schreibt bekanntlich das Leben«, folgte wirklich treffend, als sie geschickt den gut funktionierenden Reißverschluß seiner Hose öffnete und dort etwas zum Vorschein kam, was der realistischsten Realität aller Realitäten sehr nahe kam; auf jeden Fall war es so hart.

Kralles Schwellkörperkammern waren dermaßen randvoll mit Blut gepumpt, daß, wären sie die Flutkammern eines U-Bootes gewesen, dieses Boot nicht mal mehr mit der Kraft der stärksten Atomreaktoren der Supermächte wieder vom Boden des Marianengrabens hochgekommen wäre. Welch wunderbarer Tod für die Besatzung!

»Keine Angst! Ich habe die Tür abgeschlossen. Solange wir nicht zu laut sind, können wir machen, was wir wollen.«

Kralle wußte instinktiv, daß er jetzt die Hauptfigur in einer Dokumentation über Arzthelferinnen war, die ihm später sowieso niemand glauben würde, da solche Filme seit dem unrühmlichen Ende des Schulmädchenreports und ähnlicher Serien einfach nicht mehr auf dem Programm standen.

Mit festem fachmännischen Griff umklammerte sie das nach wie vor unbestreitbar wirklich hervorragend durchblutete Stück Fleisch zwischen seinen Beinen und begann mit sanftem Druck, nicht ohne eine gewisse Routine verbergen zu können, die weiche Haut über die sich in freudiger Erregung befindende vordere Partie seines Geschlechtsteils hin- und herzuschieben.

»Du bist mir damals in der Schule schon aufgefallen, aber bei euch Punks weiß man ja nie, woran man ist. Es gab sogar das Gerücht, daß du schwul bist«, hauchte sie, als sie von unten auf die Liege stieg und mit einer auf vermutlich zahlreichen Testreihen beruhenden Erfahrung den momentan entscheidendsten Teil seines Körpers, der sämtliche Hirnfunktionen durch seine starke Inanspruchnahme der Blutreserven abgeschaltet hatte, in den Mund nahm.

Daß Kralle mit ziemlicher Sicherheit nicht schwul, sondern höchstens bisexuell veranlagt war, sollte sich in der voraussehbaren Kürze dieser Arzthelferinnenreportepisode manifestieren.

Ihr Speichel rann den Schaft bis zu den eigentlichen, eiförmigen Produktionsstätten von Millionen und aber Millionen genetischer Informationen, die sich in einem Milliarden Jahre dauernden Evolutionsprozeß entwickelt hatten, hinunter und spendete die wärmende Erinnerung an eine ganz in der Nähe liegende Körperöffnung, die ebenfalls mit einer wahnsinnigmachenden Flüssigkeit gefüllt war. Der in großen Mengen austretende warme Körpersaft ließ die durchtrainierte Zunge schnell und behende Erkundungen durchführen. Die Tatsache, daß die

Vorfreude auf den baldigen Besuch dieses Schwellkörpers in anderen Teilen ihres gut beschützten Innenlebens Judith förmlich das Wasser nicht nur im Munde zusammen laufen ließ, führte auch bei Kralle zu einer extrem verstärkten Produktion der Flüssigkeit, mit der er jetzt so gerne das Naß aus der saftigen Spalte zwischen Judiths Schenkeln vermischt hätte.

Maximal zwanzig Sekunden, nachdem sie sich auf diese Art und Weise mit Kralles Körperteil, welches in der Regel und nicht nur in diesem Moment sein Gehirn ersetzte, beschäftigt hatte, entließ sie das Stück Fleisch aus ihrer angenehm dunklen Mundhöhle, um sich die Haare, die ihr ins Gesicht hingen und sie ein wenig in ihrer Konzentration störten, hinter den Kopf zu werfen. Es kitzelte und lenkte ab, wenn ab und zu eins der Haare beim Auf- und Abgleiten über den feuchten Schaft zwischen ihre Lippen fuhr.

Die rechte Hand immer noch direkt am Zentrum von Kralles Wünschen und Träumen, spürte sie plötzlich geradezu explosionsartig, wie Millionen … von der Antriebskraft einer chinesischen Stauseekraftwerksturbine angetrieben nach oben gepumpt wurden und in einem mächtigen, alles mitreißenden Strahl, der mentale Mauern ungeahnter Größe niederriß, an die Außenwelt trat.

Dort tat die Erdanziehungskraft in dem Sinne ihre Arbeit, daß sie die klebrige durch die Luft spritzende Flüssigkeit locker, ohne größere Verluste über Kralles Bauch und Brust fliegen ließ, so daß selbst Otto Lilienthal an diesem aerodynamischen Experiment seine wahre Freude gehabt hätte … wer weiß schon wie der geniale Flugpionier inspiriert wurde? … sie dann aber mitten in dessen Gesicht zur Landung zwang, wo Teile von Millionen und aber Millionen genetischer Informationen … sogar in Kralles vor Erstaunen geöffnetem Mund landeten und einen für ihn doch recht ungewohnten Geschmack auf seiner Zunge hinterließen. Er war tatsächlich nicht schwul, zumindest war ihm bis zum heutigen Tag dieser Geschmack fremd gewesen.

»He, das war ja voll die Riesenladung! Na ja, dann spritzt du beim zweiten Mal wenigstens nicht so schnell ab«, sagte sie, als sie sich seinen immer noch dicken, irgendwas schien mit seinen Rückflutventilen nicht zu stimmen, leicht nach Meerestieren duftenden Schwellkörper zwischen die prallen mit Blut angefüllten rosa Lippen ihres die Körpertemperatur weit übersteigenden, feucht tropfenden und saugenden Geheimnisses schob.

Sie beugte sich nach vorne und probierte mit ihrer Zunge eine kleine Kostprobe von dem Saft, der jetzt auf Kralles Gesicht verteilt und in kleinen aber doch registrierbaren und für ihn nach wie vor fremdartig schmeckenden Mengen in seinem Mund gebunkert war. Eine interessante Erfahrung.

Ihm wurde in diesem historischen Moment bewußt, daß er noch nie die Millionen …, gekostet hatte und das, obwohl er selbst so verschwenderisch damit umging. Auf die Millionen und aber Millionen geneti… anderer Männer hatte er danach jedoch überhaupt keine Lust. Selbst seine eigenen schmeckten nicht unbedingt nach einem Nachschlag, und er fragte sich, ob manche Frauen nicht nur aus Liebe oder um den Männern einen Gefallen zu tun, des öfteren eine ganze Ladung dieser Fracht genossen.

Die Sache ging gut aus, die regelmäßigen Arztbesuche erleichterten den Patienten auf verschiedene Art und Weise und brachten dem Personal entspannende Abwechslung in den grauen

Praxisalltag. Irgendwann war die Wunde sauber und ohne Nähte oder Klammern verheilt.

Kralle blickte immer noch gedankenversunken auf den freigelegten Knöchel seiner Hand.

Spider, der am Steuer saß, grinste ihn an und kommentierte mit einem trockenen »Hauptsache, die Haare stehen«, nachdem er an der Dose genippt hatte, womit er die Sache auf den Punkt brachte.

Ihr Lebensziel und die sich darum spannende zusammengeschusterte sehr exklusive Philosophie bestand darin, nicht mehr und nicht weniger als die absolut coolsten Punks des Universums, die Gewinner in einer Welt voller Loser, die Nietenkaiser schlechthin zu sein. Es war im Prinzip alles furchtbar einfach und ganz logisch zu erklären.

Um sie herum existierte nur niederster Dreck, der – wenn überhaupt – mit blankem Haß oder höchstens bei viel Sonnenschein und guter Laune mit Verachtung gestraft wurde.

Wollte man zu ihrem Kreis gehören, mußten ohne Wenn und Aber die sich im Laufe einer eigenartigen Evolution herausgebildeten Regeln befolgt werden. Einer ihrer Leitsprüche, den man sauber in altenglischen Buchstaben tätowiert auf Spiders Bauch nachlesen konnte, lautete »My Rules Are Not Your Law«.

Die Regel und Gesetze der Gesellschaft wurden verachtet. Nichts und niemand wurde akzeptiert, von der »normalen Gesellschaft« abgesehen, waren vor allem Hippie-Penner- oder Bauernpunks ihrem Spott ausgesetzt. Von den Discopunks, die im Zuge der Billy-Idol-Charts-Erfolge phasenweise aufgetaucht waren, gar nicht weiter zu reden, aber die hatten wenigstens noch den Vorteil, daß man Freibier aus ihnen herauspressen konnte oder von ihnen zu irgendwelchen Konzerten kutschiert wurde.

Ohne akribisch ordentlich hochgestellte Haare gingen sie nicht vor die Tür, geschweige denn zu einem Konzert. Das wäre einfach unvorstellbar gewesen. Bis zu zwei Stunden täglich wurde mit Seife, Haarspray und Toupierkamm verbracht. Dazu kamen gelegentliche Selbstversuche wie das Aufhängen an Teppichstangen, mit dem Kopf nach unten, versteht sich.

Richtig gute gepflegte, das heißt knochenharte Spikes waren das Ultimum, Iros dagegen in ihrer selbsternannten Nietenkaiserclique verpönt. Diese waren mit einem Hauch von Rummelplatzflair behaftet, also überließen sie dieses Outfit bereitwillig den sogenannten Modepunks oder Neueinsteigern, die Punk mit diesem von den Medien verbreiteten Klischeebild verbanden.

Außerdem hatte von GBH auch keiner einen Iro. Auf dem Video, das sie sich bis zu dreimal an einem Abend reinzogen, und selbst beim zweihundertsten Ansehen entdeckten sie noch einen Rotzklumpen oder ein nachahmenswertes Detail auf dem Gig im Londoner Astoria, war zwar ein Iro anwesend, aber sie starrten sowieso alle nur gebannt auf Colin, den Sänger, der wie kein anderer ihren gesamten Style prägte.

Jede Niete auf der unumgänglichen Lederjacke hatte ihren nach strengsten geometrischen Maßstäben festgelegten Platz gefunden, jeder Spruch und jeder Bandname besaß seinen Stellenwert und eine Bedeutung, die die zehn Gebote, die Gott einst Moses gegeben hatte, wie eine Rolle Klopapier aus den Beständen einer öffentlichen Behörde erscheinen ließen.

Die immer häufiger auftauchenden Hippiepunks mit ihren verwaschenen Waschlappeniros und Palästinenserschals fanden sie zum Kotzen. Die »Nazis Raus«-Aufnäher, welche sogar für die jeweilige Bedarfslage, es könnten ja plötzlich wirkliche Nazis auftauchen, nur mit Sicherheitsnadeln an den schmuddeligen Parkas befestigt waren, erschienen einfach zu lächerlich. Sie trugen schließlich auch keine Aufnäher mit dem Slogan »Gegen Windpocken« durch die Gegend, und dagegen waren sie wohl ebenfalls.

Ihrer Meinung nach war die Punkszene auf dem besten Weg, zu einem großen Stück Dreck zu verkommen, wie der Rest der kaputten Gesellschaft auch. Sie sahen sich dagegen als die Gralshüter des wahren Spirits. Die absolute Elite. Ein erlauchter Kreis, zu dem man kaum Zugang finden konnte.

Kleinstadtboys mit Großstadterfahrung. Outsider, die ihre Position bei vollem Bewußtsein am Rande der Gesellschaft gewählt hatten und nicht zufällig dort landeten, weil sie sowieso die totalen Verlierer waren, so wie es bei der neuen Generation von Bahnhofs- und Pennerpunks der Fall war, die keinen Funken Stolz besaßen und nicht mal davor zurückschreckten, andere Punks um ein paar Pfennige anzubetteln. Sie waren zwar ebenfalls, zumindest Nudel, Meister im Schnorren, allerdings war es für sie mehr eine Art sportliche Herausforderung, ein Ritual wie das Dosenbiertrinken. Vor allem nahmen sie sich Geld, Bier und Kippen von den, ihrer Meinung nach, richtigen Leuten.

Das Betteln an sich hatten sie nicht nötig. Es war Provokation, Zeitvertreib und Verarschung. Sie waren nicht durch die immer härter werdenden Regeln dieser perversen Alle-Gegen-Alle-Gesellschaft in die Gosse gespült worden, weil sie es ganz einfach nicht packten, mitzuhalten oder sich durchzusetzen, sondern surften aufrecht und mit klarem Blick gegen die Strömung der dreckigen Brühe dieser immer schneller in die Tiefe stürzenden Stromschnellen namens Zivilisation.

Sie hatten sich ausgeklinkt, gehörten nicht zu dem kranken Rest. Sie hatten erkannt, wie der Hase läuft, und den Weg der totalen Verweigerung gewählt. Niemals würde das System sie kriegen, zumindest würde es sie nicht lebendig antreffen, falls sie irgendwann doch eingeholt werden sollten. Sie wußten nicht mal, wie man das Wort Arschkriecher buchstabiert – und das im Land der Arschkriechereinheitsfront. Eine echte Leistung. Stolz ist ein viel zu schwaches Wort, um das auszudrücken, was sie fühlten. Sie waren ganz einfach etwas besseres. Punx!

Nudel, der hinten links saß, nahm den obligatorischen Schluck aus der Dose. Er hatte sich das so angewöhnt, obwohl er eigentlich nicht unbedingt der große Biertrinker war, Saufen fand er im Grunde langweilig. Er tat es irgendwie automatisch, weil es dazugehörte.

»Dem Typ hast du aber auch ganz gut die Fresse poliert, der wird garantiert nicht mehr an der Stelle trampen.« Womit er nicht unrecht hatte. Neben zwei ausgeschlagenen Schneidezähnen und einem offenen Jochbeinbruch hatte der Faschoskin etliche weitere Blessuren und eine nicht mehr vorhandene Bomberjacke des renommierten Versandhauses QUELLE zu beklagen, die ihm allerdings sowieso zu groß war und absolut lächerlich aussah, wie sie alle im Nachhinein fanden. Der Typ war wirklich zu blöd gewesen.

Das Schicksal hatte ihnen an diesem Tag ein leichtes Opfer zugespielt. Auf dem Weg nach Freiburg waren sie in den letzten

Monaten fast wöchentlich durch das kleine Nest kurz vor Karlsruhe gefahren, und jedesmal sahen sie irgendeine trampende Faschoglatze in unförmigen Springerstiefeln, hochgekrempelten stonewashed Bauernjeans, Nazi-T-Shirt und der unvermeidbaren Plagiat-Bomberjacke. Am rechten Arm stets den roten, wahrscheinlich von irgendeinem Pakistani auf der örtlichen Dorfkirmes gekauften »Ich bin stolz, Deutscher zu sein«-Aufnäher, manchmal sogar nur mit Sicherheitsnadeln an den schmuddeligen grünen Jacken befestigt. Es könnten ja irgendwelche Antifas auftauchen.

Es war nicht ganz klar, ob sie diese Idioten haßten, weil sie sich als Faschos zu erkennen gaben oder ob ihre Aggressionen dadurch entstanden, daß diese Dorftrottel einfach keinen Stil und keine Ahnung von einem Kult hatten, den sie durch ihre Englandbesuche und persönliche Kontakte zur dortigen Szene bereits Jahre zuvor kennengelernt hatten.

Vielen englischen Skinheads, die sehr oft ehemalige Punks waren, fühlten sie sich näher verbunden als den mittlerweile unzähligen Hippiepunks auf deutschen Straßen. Sie hörten die gleiche Musik, hatten die gleiche Geschichte, teilten die gleichen Erinnerungen an legendäre Konzerte mit Bands wie ANGELIC UPSTARTS, PETER & THE TEST TUBE BABIES, SLAUGHTER & THE DOGS, BLITZ oder INFA-RIOT und besaßen so etwas wie eine Art Klassenbewußtsein, ein aufrechtes Rebellentum, das sich gegen »die da oben« bzw. die gesamte Gesellschaft, aber niemals gegen schwache Randgruppen oder von Politikern vorgegebene Sündenböcke richtete.

Der rote Aufnäher mit dem verhaßten Spruch auf dem Ärmel des Bauerntölpels reichte folglich als Abschußberechtigung völlig aus. Wer so etwas trug, besaß keine Menschenrechte, stand weder unter dem Schutz der Nato, des Warschauer Pakts, der UNO oder Amnesty International und konnte ohne Skrupel bekämpft und vernichtet werden. Mit Nazis gab es nichts zu diskutieren. Sie wollten diese Irren überhaupt nicht durch den Austausch von sachlichen Argumenten davon überzeugen, daß sie mit ihrer kranken Idioten-Ideologie auf dem Holzweg seien. Im Grunde waren sie sogar froh, daß es eine solch niedrige Form von Lebewesen gab. Warum sollten sie diese Schwachköpfe dazu bewegen, wieder zu sauber funktionierenden Teilen dieses Systems zu werden? Sie richteten leider sowieso keinen großen Schaden für die Gesellschaft an, sondern spiegelten sie lediglich wieder.

Die Dummglatzen waren eine Art »Pseudorebellen«, die nur die gängige Grundstimmung im Extrem verkörperten, den Bullen und Normalos allerdings schon rein optisch manchmal ein kleiner Dorn im Auge waren, da sie das Ansehen Deutschlands im Ausland schädigten und ab und zu auf Zielgruppen herumkloppten, die eigentlich nicht für sie vorgesehen waren: »normale deutsche Passanten« zum Beispiel. Im Prinzip war alles, was die heile Fassade entlarvte und lächerlich machte, für Kralle und die anderen O.K.

Faschoskins waren schlicht und ergreifend die Realität dieses Landes, der latent vorherrschende Grundstimmungs-Resonanzkörper, die ungeschminkte Fratze dieser so unwahrscheinlich humanistischen Gesellschaft, eine Demaskierung, die zeigte wie es hinter der Fassade wirklich aussah.

Angeheitert durch einige Bierchen, die erste Palette hatte bereits das Zeitliche gesegnet, konnten sie es in ihrer ausgelassenen Stimmung zunächst kaum glauben, als sie schon wieder eine der so beliebten Figuren mit ausgestreckten Daumen am Straßenrand sahen. Ein stierer Blick aus alkoholgetränkten, glasigen Augen registrierte nicht, welch gefährliche Fracht in dem gelben Kombi zunächst an ihm vorbeirauschte.

Karl hatte immer noch einen Brummschädel, und auch mit der Optik war noch nicht alles im Lot. Was hätte er jetzt alles für eine Sonnenbrille gegeben?

Der Lichteinfall war einfach zu stark, so daß er für den Schutz seiner Netzhaut in diesem Moment sogar die erste BÖHSE ONKELZ LP eingetauscht hätte, die er erst neulich von Armin für 150 Mark gekauft hatte. Das gestrige Konzert war jedenfalls voll der Bringer gewesen. 500 Liter Freibier hatten völlig ausgereicht, und das, obwohl sogar einige Mannheimer, Stuttgarter und Frankfurter den Weg in die Einöde irgendwo im Pfälzer Wald gefunden hatten. Die meisten waren schon sturzbesoffen angekommen, und die Frankfurter konnten sogar eine lustige Geschichte erzählen. Sie hatten auf der Raststätte zwei St.-Pauli Zecken getroffen, die nach ihrem kurzen Halt getollschockt an der Tramperstelle liegen geblieben waren und nicht mehr ganz so ausgesehen hatten, wie vor dem kurzen aber heftigen Zusammentreffen mit den deutschen Recken.

Der Gig hatte auf dem Parkplatz der abgelegenen Müllverbrennungsanlage stattgefunden, wo sich am Wochenende keine Sau hinverirrte. Die wenigen Spaziergänger und Pilzesammler hatten meist irritiert und schnell ihre Autos gewendet, als sie beim Eintreffen auf ihren Stammparkplatz das Szenario erblickten, welches von kahlrasierten Schädeln und grünen Bomberjacken geprägt wurde.

Die P. A. hatten sie auf einem Miet-LKW, der gleichzeitig als Bühne fungierte, aufgebaut. Generator und Bier befanden sich auf einem zweiten, ebenfalls von einer bekannten süddeutschen Firma angemieteten LKW.

Die Hauptgruppe STÖRKRAFT war zwar gar nicht erst angereist, weil zwei der Bandmitglieder keinen Urlaub bekommen hatten, dafür spielte die schnell zusammengewürfelte Ersatzband jede Menge bekannte Cover von ENDSTUFE bis KAHLKOPF. Alles richtig harte Stücke, welche in den Pausen mit frenetischen »Sieg Heil«-Rufen und dem deutschen Gruß gefeiert wurden.

Als Zugabe wurde mindestens zwanzig mal der bekannte und beliebte Refrain von RADIKAHLs Smashhit »Hakenkreuz« aus gut 150 Kehlen geschmettert: »Hißt die rote Fahne, Hißt die rote Fahne, Hißt die rote Fahne mit dem Hakenkreuz«. Musikalisch war das ganze zwar nicht gerade ein Highlight technischen Könnens, da kaum ein Stück nicht mindestens zweimal unterbrochen wurde, weil es mit dem Zusammenspiel nicht so klappte, wie das bei einem Minimum an Musikalität möglich gewesen wäre. Gepogt wurde von der Saat des Volkes der Dichter und Denker trotz allem ohne Ende und natürlich mit der nötigen Härte.

Der provisorische Sänger, welcher sich in den Zwangspausen unaufhörlich dafür entschuldigte, daß er und seine Kollegen noch nie vorher zusammen gespielt hatten, vergaß häufig den Text und brabbelte einfach irgendetwas Unverständliches ins Mikro. Das hörte sich allerdings verdammt gut an, fast wie die

Originale, auch wenn die »englischen« Texte überhaupt keinen Sinn ergaben. Einmal unterbrach er ein Stück, gerade als das Zusammenspiel ausnahmsweise mal klappte, nur weil einer der vier anwesenden langhaarigen Metaller gerade vor der Bühne beim Pogen zusammengetreten wurde.

Ein paar der Filzläuse lernten halt nie aus und dachten, nur weil sie BÖHSE ONKELZ-Aufnäher auf der Kutte hatten und zwei, drei andere Bands kannten, daß sie von den Naziglatzen akzeptiert werden würden. Dreckige, langhaarige Bastarde, sollten erst mal zum Frisör gehen! Ein anderes Mal furzte der Sänger in einer der Pausen volles Rohr ins Mikro und kommentierte das über die Boxen laut schallende Geräusch mit: »Das war ein echt deutscher Furz!«, was mit tosendem Beifall belohnt wurde.

Als die Band fertig war, lief noch eine ganze Weile Musik aus der Konserve, und es gab ein paar Schlägereien untereinander. Der Typ, der später mit dem dicken blauen Auge durch die Gegend lief, soll ein echter SHARP gewesen sein, zumindest hat Andre erzählt, daß der untersetzte Dicke die Buchstaben SHARP sogar auf die Faust tätowiert hatte. Selbst dran schuld, wenn der Idiot bei einem solchen Gig auftauchte. Schlägereien untereinander fand Karl ansonsten allerdings voll scheiße, auch die Aktion beim letzten Konzert, als ein paar Leute den Besitzer der Pommesbude verprügelt, die Kasse geraubt und danach den Imbißwagen angezündet hatten.

Als die anrückende Feuerwehr dann mit Steinen beworfen worden war und daß die Bullen kamen, fand er das wiederum ganz geil. Er stand in der ersten Reihe, und alle hielten zusammen. Zwei, drei Bullen bekamen sogar richtig gut eingeschenkt.

Es gab bei der Aktion keine einzige Festnahme. Die Cops waren ganz schön sauer und sollen später am Bahnhof wahllos ein paar Leute mitgenommen haben, denen wie üblich nichts nachgewiesen werden konnte.

Eine Pommesbude gab es bei dem Auftritt gestern zwar nicht, dafür wurden unter der nahegelegenen Autobahnbrücke ohne Ende Körperflüssigkeiten ausgetauscht. Besonders das etwas übergewichtige blonde Skinheadgirl aus Bamberg mit den weißen, leicht speckigen Beinen in den schwarzen, unter dem Minirock gut zur Geltung kommenden Netzstrümpfen, war den Kameraden gegenüber sehr freizügig im Kostproben-Verteilen einer manchmal etwas streng riechenden, aber durchaus wohlschmeckenden Körperflüssigkeit, welche sich im Laufe eines Milliarden Jahre dauernden Evolutionsprozesses entwickelt hatte und die optimalen chemischen und physikalischen Bedingungen eines Gleitmittels besaß, welches je nach Bedarf manchmal in erstaunlichen Mengen produziert werden konnte.

Angelika, so hieß das Mädchen, schaffte es, an diesem Tag bei insgesamt acht Glatzen, Millionen und aber Millionen genetische Informationen, die sich im Laufe … aus der Reserve zu locken und diese in und auf ihrem großflächigen Körper zu verteilen.

Auch Karl hatte ihr einmal in einem günstigen Moment schüchtern zugelächelt, was allerdings nicht erwidert wurde. Bei Frauen hatte er einfach kein Glück. Dabei hatte er gar nicht mehr so viele Pickel wie früher.

Seine Haut war sichtbar besser geworden, seitdem er ungeheure Mengen Bier in sich hineinschüttete. Er war der festen

Überzeugung, daß es einen kausalen Zusammenhang zwischen dem relativ vollständigen Verschwinden seiner üblen Akne und der Hefe in dem goldgelben Saft gab.

Ein erneutes Mal abgeblitzt, hämmerte er sich ein paar weitere Bier in den Kopf und erzählte einer Glatze aus Bremen stolz den von ihm in Eigenregie leicht modifizierten Witz: »Wie bekommst du Montag morgens drei Liter Sperma? Ganz einfach! Angelika den Magen auspumpen. Hahaha!« Was ihm zu seinem Erstaunen statt eines kräftigen Lachers eine mittelharte Kopfnuß einbrachte, da der Bremer Skin bis vor wenigen Wochen noch fest mit Angelika zusammen gewesen war.

Er war eben ein wirklicher Verlierer, sogar das Erzählen eines schlichten Witzes endete bei ihm in einem Fiasko. Nicht umsonst trug er bereits seit der Grundschule den Spitznamen »Charly Brown«. Das Pech klebte an seinen Springerstiefeln. Warum nicht in die Offensive gehen? Er sollte sich einfach auch in den Skinkreisen »Charly Brown« nennen. Er hieß sowieso Karl und der echte »Charly« hatte auch eine Glatze. Vielleicht würde er dann eher akzeptiert werden, denn auch der Nachname »Brown«, was, soweit er sich erinnern konnte, auf deutsch »Braun« hieß, paßte ins Gesamtkonzept und klang deutlich arischer als sein echter Familienname Nibergall. Später am Abend hatten sich die meisten Skins in ihrem Suff in die Autos oder die Zelte verkrümelt. Ein paar wie Karl waren einfach dort eingeschlafen, wo sie der Alkohol schließlich nach mehr oder minder harter Gegenwehr niedergemäht hatte. Andere der ganz derben Sorte hatten sogar durchgemacht und in den frühen Morgenstunden mit einem riesigen schwarzen Edding für etwas Abwechslung in den Gesichtern der willenlos Dahingestreckten gesorgt.

So war auf der Stirn des NOIE ORDNUNG-Sängers beispielsweise ein dickes SLIME zu finden, untermalt von jeweils einem Blümchen auf jeder Wange, während Waldemar am nächsten Tag beim Waschen mit einem ekelhaften Peacezeichen zu kämpfen hatte, welches sich dick und fett über sein gesamtes, echt germanisches Antlitz erstreckte.

Sooo wäre er garantiert nie nach Walhalla gekommen. Zum Glück hatte er im Schlaf keinen Unfall.

Nicht auszudenken, in welche Schwierigkeiten ihn der Umstand gestürzt hätte, wäre er mit einem solch peinlichen Zeichen vor seine Götter getreten. Die Erklärung: »Das hat mir im Suff jemand aufs Gesicht gemalt, und ich bin nicht aufgewacht« war nicht gerade eine gute Ausrede, um es zu schaffen, doch noch mit den tapferen Kriegern und gefallenen Kameraden auf ewig einen saufen zu können.

Karl war dank der Tatsache, daß er mit dem Gesicht nach unten im Gras eingeschlafen war, einer dieser beliebten, schwer abwaschbaren Kurzzeittätowierungen entgangen und freute sich, daß er wenigstens dieses eine Mal nicht auf der Seite der Verlierer stand.

Schade nur, daß die linken Zecken nicht wie angekündigt versucht hatten, das Konzert zu stürmen, denn sie wären bestens vorbereitet gewesen. Die Mannheimer Glatzen hatten angeblich sogar eine richtige Pump Action mitgebracht. Die Bullen sollen kurz vor dem Konzert einen Treffpunkt der Antifa ausgehoben und über 20 der linken Drecksäcke festgenommen haben. Schade eigentlich! Nun war das Konzert vorbei und die Chance, mal wieder ein paar der roten Volksverräter zu zeigen, wo Thors Hammer hängt, ungenutzt vorbeigezogen. Ansonsten war das Wochenende perfekt.

»Das war doch schon wieder so eine Nazisau«.

»Das gibt's doch nicht, da muß irgendwo ein Nest sein«. »Los halt an!« herrschte Kralle Spider an.

»Nee, wir sind schon zu weit weg, außerdem hat uns der Typ garantiert gesehen«, versuchte Nudel abzuwiegeln. Er wollte wie immer nur seine Ruhe haben.

Mit einem kargen »Ich wende« beendete der Fahrer die Diskussion.

An der nächsten Parkbucht stoppte Spider die Kiste und fuhr wieder in die Richtung, aus der sie gerade gekommen waren. Das Arschgesicht stand immer noch mit stumpfen Blick und glasigen Augen am Straßenrand. Als sie sich langsam von hinten näherten, konnten sie auf dem Hinterkopf des kahlrasierten Schädels ein anscheinend mit Edding aufgemaltes großes »Doof« erkennen.

Karl trauerte immer noch um sein nach Bier stinkendes und beim Pogo ramponiertes NO REMORSE-T-Shirt.

Offensichtlich hatten seine Volksgenossen heute mal wieder kein Mitleid mit ihm. Niemand der gleichrassigen Normalos wollte sich auf dem Weg von der Arbeit in die Freizeit einen solchen Abfallhaufen wie Karl, der doch ganz eindeutig den Sonderschulabschluß nur mit Bestechung schaffen würde, ins Auto setzen. Zum Ausländer abfackeln waren diese nützlichen Idioten zwar ganz gut geeignet, aber zum Tatort sollten sie sich gefälligst selbst transportieren, und wer wußte, was diese fertige Gestalt mit dem dullen Blick noch vorhatte. Dem war wirklich alles zuzutrauen, so dämlich, wie Karl aus der Wäsche guckte.

»Im Grunde haben die Jungs ja recht, aber mit solch gewalttätigen Aktionen will man als anständiger Bürger und Steuerzahler nichts zu tun haben. Irgendwie ist die Sache ganz schön unappetitlich geworden, seitdem die Medien so ausführlich über die paar verbrannten Frauen und Kinder berichten. Die müssen auch jeden Scheiß an die große Glocke hängen.

Aber eigentlich sind die Politiker dran schuld, wenn die die Ausländer endlich rausschmeißen würden, könnten auch keine mehr verbrannt werden, und unser Ansehen im Ausland müßte nicht mehr darunter leiden. Sind sowieso zu viele da, von den Kanaken, früher war's ja O.K., aber jetzt, wo die unseren eigenen Leuten die Arbeit wegnehmen. Zum Kotzen! Kein Wunder, daß die jungen Leute da durchdrehen« dachte Stefan Schirra, als er auf dem Weg zur Nachtschicht mit seinem geleasten, gut gepflegten Kleinwagen an Karl vorbeifuhr.

Und wieder wurde der gelbe Kombi gewendet und mit gedrosselter Geschwindigkeit das Ziel, an dem sie eben schon einmal sanft vorbeigeglitten waren, angesteuert. Kralle hatte bereits die Scheibe heruntergekurbelt, als ihr Wagen genau neben den total verdreckten ausgelatschten Springerstiefeln hielt. Nicht mal richtige Docs hatte das armselige, weißhäutige, pickelige, etwa 17jährige Riesenbaby mit dem unerträglichen Mundgeruch an den Füßen. Typisch! Hätte er allerdings standesgemäßes Outfit getragen, hätte ihm das auch nicht weitergeholfen. Sein Schicksal war in dem Moment, als Kralle ihn zum ersten Mal gesehen hatte, besiegelt.

Als das Reservemonster den Kopf runterbeugt hatte, um die zuckersüße Tramper-Standardfrage »Wo fahrt ihr hin?« loszuwerden, schnellte Kralles Faust mit den aussagekräftigen Worten »Nirgendwohin, du Arschgesicht« nach vorne. Es war nicht der Schmerz oder die relativ geringe Wucht des Schlages, die den

Hobbynazi mit vor Entsetzen geweiteten Augen und aufgeplatzter Lippe nach hinten torkeln ließ, sondern die Überraschung über die ansatzlose Brutalität des Angriffs. Ohne die im Tierreich üblichen Drohgebärden und Ankündigungen ging hier ein Jäger eiskalt seinem urgeschichtlich festgelegten Trieb nach.

Das Blut rann Karl Nibergall alias Charly Brown in einem dicken Strom am Kinn hinunter und tropfte auf das sowieso schon ramponierte NO REMORSE-T-Shirt. Würde er das seiner Mutter zeigen, gäbe es wieder voll Zoff, weil Blutflecken so schwer aus den T-Shirts zu waschen sind. Einmal hatte er Waschpulver gekauft, das sogar extra damit geworben hatte, daß Blut entfernt werden würden. Dies entpuppte sich jedoch als glatte Lüge, denn die zahlreichen roten Flecken auf seinem Rücken, welche von aufgeplatzten Pickeln stammten, waren auch nach der dritten Wäsche noch nicht verschwunden. »Scheiß Waschmittel-Juden!« hatte sich Karl damals gedacht und das unbrauchbare, verschmutzte »Skinhead-Stolz«-T-Shirt enttäuscht in den Müll geworfen.

An Gegenwehr war nicht mehr zu denken. Zu groß waren die Überraschung und der Schock. Das spürte auch der Jäger, der das Blut so intensiv roch, als wäre gerade ein Güterwaggon voller Schlachthofabfälle in das Haifischbecken eines kleinen mitteleuropäischen Zoos gestürzt. Vermischt wurde der Duft des roten Saftes, der eigentlich zur Auffüllung der Flutkammern eines ganz bestimmten Schwellkörpers bestimmt war, mit nicht zu überriechenden Angstschweißausdünstungen.

Von gewaltigen urgeschichtlichen Kräften getrieben, riß Kralle die Tür auf und setzte der leichten Beute nach. Die Glatze kam beim Rückwärtstorkeln ins Stolpern und machte beim Fallen eine ungeschickt aussehende halbe Körperdrehung.

Zwei kräftige Hände packten die mit einem Waschlappen gefüllte Bomberjacke, hoben sie hoch und drehten sie um. Es folgte ein Tritt mit dem Knie in die beiden eiförmigen Produktionsstätten von Millionen und aber Millionen genetischer Informationen, die sich im Laufe ..., der den stolzen Deutschen, dessen Skelett für einen ganz kurzen Moment wieder Struktur bekommen hatte, wie eine morsche Vogelscheuche zusammenklappen ließ.

Zwei gezielte Haken, welche mit viel Körpereinsatz und einem gut trainierten Hüftschwung ausgeführt wurden, verfehlten ihr Ziel nicht, brachen zwei Rippen und traktierten die vom gestrigen Suff noch gestreßte Leber, so daß der Schmerz für einen Moment sämtliche Körperfunktionen stoppte und die Luftzufuhr sperrte. Ein schwungvoller klassischer Doc-Martens-Stahlkappentritt ins Gesicht des dahingestreckten teutonischen Recken erledigte krachend den Rest. Es war immer wieder ein seltsames Gefühl, wenn die Stahlkappe des von einem bayrischen Arzt entwickelten ad absurdum geführten Gesundheitsschuhes durch das aufgeplatzte Fleisch bis auf den Knochen vordrang und diesen ohne große Probleme zertrümmerte. Vor allem ein menschlicher Kopf kann in dieser Situation verdammt zerbrechlich sein.

Wimmernd und blutend lag ein Häufchen stolzes Deutschland auf der Erde. Der Aufforderung »Los, zieh die Jacke aus!« folgte es, so schnell es mit den zitternden Händen möglich war.

Die Autofahrer des Berufsverkehrs steuerten ihre Mittelklassewagen interessiert aber teilnahmslos an der Szene vorbei. Die Aktivbürger, die sich in Sachen, die sie nichts angingen, einmischten, waren kurz nach Feierabend dünn gesät.

Auch als die Bomberjacke brannte, sorgte dies nicht gerade für das, was man einen Verkehrsstau nennt. Niemand wollte in irgend etwas verwickelt werden.

Nach wenigen Sekunden war nur noch der Reißverschluß der in Taiwan zu billigsten Löhnen hergestellten grünen Herrenoberbekleidung mit dem orangenen Innenteil übrig, der Rest verschmolz zu einem Nichts in der Grasnarbe des Seitenstreifens.

Kralle verabschiedete sich mit einer ordentlichen Backpfeife der flachen Hand, spuckte dem ungezogenen Lümmel mit den Worten »Das war für Dachau!« noch einmal ins Gesicht und setzte sich wieder neben Spider, der in aller Seelenruhe den ersten Gang einlegte und die Fahrt Richtung ENGLISH DOGS-Konzert fortführte.

Karl befand sich zu diesem Zeitpunkt bereits im Reich der Träume, wo er mit Wikingerhelm und Rundschild bewaffnet, in der rechten Faust ein mächtiges Schwert, auf dem Deck eines Drachenbootes stand und durch den eisigen nach verschmortem Plastik riechenden Nordwind in Richtung Walhalla segelte. Am Mast wehte ein zerfetztes, blutrotes NO REMORSE-T-Shirt.

Durch das heruntergekurbelte Fenster des gelben Kombis flatterten nacheinander die Teile eines Personalausweises, Mofaführerscheins, Visitenkärtchen und FAP-Mitgliedskarte im milden Frühlingswind durch die Lüfte, während die kargen fünfzehn Mark, welche der Naziskin in seiner Brieftasche vergessen hatte, einen neuen Besitzer fanden und einem gemeinnützigen, guten Zweck zugeführt wurden. Erst jetzt bemerkte Kralle die Wunde, welche er sich wohl schon beim ersten Schlag auf das dreckige Maul der braunen Ratte zugefügt haben mußte. Wieder hatte er den Eindruck, am Rande des größten noch aktiven

Vulkans dieser Erde zu stehen, den Blick gespannt auf den unendlich weit entfernten, kaum mehr sichtbaren Boden dieses Naturwunders gerichtet, in der bangen Erwartung verharrend, daß es gleich zu einer Eruption kommen würde, die mit ihrem reinigenden Feuer den gesamten Dreck und Abschaum dieser Erde hinwegbrennen würde.

Die heilige Handgranate

Mitch war dieses Mal nicht mit den anderen nach Freiburg mitgefahren. Es langweilte ihn. Das ewig gleiche Ritual: Hinfahrt, Saufen, Konzert, Frauen, Schlägerei, Rückfahrt.

Die Gruppen brachten nichts neues. Viele der heutigen Punkbands waren seiner Meinung nach Abziehbilder, die vor einem Haufen Abziehbilder auftraten und dazu Abziehbildermusik spielten.

Es erschien ihm alles wie ein Film, den er bereits tausend mal gesehen hatte. Er war froh, daß er in diesem Streifen keine Hauptrolle spielte. Irgendwann war er einfach ausgestiegen. Es war niemandem aufgefallen. Ein paar Mal hatte er noch irgendwelche Gigs besucht, sich vor der Tür herumgetrieben und das Publikum angesehen, das ihn immer mehr zum Brechreiz trieb.

Seitdem er sich nicht mehr hundertprozentig an die »Kleiderordnung« hielt, sondern mit seiner schwarzen Bomberjacke und der harmlosen blonden Struppifrisur eher unauffällig wirkte, im Straßenbild bestenfalls noch von Insidern als Autonomer wahrgenommen werden konnte, wurde er von den anderen nicht mehr akzeptiert. Es kriselte in der Clique, die soviel zusammen erlebt und bis vor kurzem sogar zusammen gewohnt hatte.

Vor allem Kralle und Nudel machten bei jeder sich bietenden Gelegenheit spitze Bemerkungen bezüglich seines Outfits.

Ihm dagegen ging das aufwendige akkurate Styling, das ewige Cool-aussehen-und-wirken-wollen, dieser ganze äußerliche Dreck der anderen völlig auf den Senkel, genau wie das seiner Meinung nach nicht wirklich vorhandene politische Bewußtstein seiner Kumpels.

Klar, am Anfang hatten sie einen gemeinsamen Nenner. Dieser Nenner hieß »dagegen«. Aber es mußte doch noch mehr da sein, als einfach nur dieses zu Beginn zugegebenermaßen ziemlich ausfüllende und ohne Frage auch Spaß und Befriedigung bringende »Dagegen sein«. Irgendwo da draußen mußte etwas existieren, eine Utopie, eine Lösung, ein Ziel, auf das man zusteuert.

Um sich allerdings in falschen Hoffnungen zu wiegen, irgendwelchen Tagträumen nachzuhängen oder sich gar in den tristen Niederungen der Realität zu verlieren und sich für eine der existierenden politischen Parteien zu engagieren, um diese kaputte Gesellschaft mit jugendlichem Elan und unzerstörbarem Idealismus auf den richtigen Weg zu führen, dafür war Mitch zur falschen Zeit geboren. Er hatte zwar Ideale, aber er wußte, er spürte, daß diese niemals zu verwirklichen waren. Andere und wahrscheinlich sogar bessere hatten es vor ihm versucht.

Er hatte die Gnade der späten Geburt, und er haßte neben seinen Erzfeinden, den Konservativen und den Nazis, den gedankenlos vor sich hinvegetierenden Konsumenten, den braven Bürger, der alles, aber auch wirklich alles, mitmachte, vor allem die Hippies, wobei Hippies ein weit gespannter Begriff war.

Er verachtete sie, weil sie den Kampf, den sie einst angezettelt hatten, ohne jeden Stil aufgegeben hatten.

Diese Pseudorebellen waren seiner Meinung nach alle schon assimiliert, noch bevor sie sich überhaupt die Haare hatten wachsen lassen.

Die 68er waren in seinen Augen die letzten Lutscher, die Grünen nichts weiter als ein dekadenter Haufen Verräter und Müslifresser.

Die Landfreaks, die irgendwo in ihren Kommunen, in ihren Reservaten, in ihren Selbstfindungsseminaren vergammelten, waren nicht mehr als ein schlechter Witz und bestenfalls das gute Gewissen einer intoleranten Gesellschaft, die solch lächerliche Waldschrate nur deswegen existieren ließ, um sich und der Welt zu beweisen, wie liberal sie heutzutage war.

In einer Sache war er sich allerdings sicher: Sollte es einmal im Laufe des stetigen Zerfalls des heutigen Systems zu neuen Stufen des Eskalation kommen, dann wären die sich heute in ihren Nischen breit machenden sogenannten Außenseiter der Gesellschaft, die meist nicht mal den Zuwachs des Bruttosozialprodukts schädigten, die ersten, die über die Klinge springen würden und wohl auch die Willigsten, um ihren angeblich so alternativen Lebensstil aufzugeben. Rückgratlosere, verweichlichtere Lebewesen als diese typischen Produkte der kapitalistischen Konsumgesellschaft konnte er sich nicht vorstellen.

An Kralle und Spider fand er trotz aller Differenzen der letzten Monate und trotz ihres seiner Meinung nach nicht vorhandenen politischen Bewußtseins sympathisch, daß sie nach wie vor »politische Realisten« waren, wie sie sich selbst gerne bezeichneten.

Sie waren perfekt darin, »normale Menschen«, vor allem sogenannte Linke, damit zu provozieren, daß sie Pol Pot als den größten Politiker aller Zeiten, den menschlichsten und umweltbewußtesten Führer, den sich ein Volk wünschen konnte, anpriesen.

Der »Bruder Nummer 1«, wie sich Pol Pot, der ehemalige kambodschanische Regierungschef, selbst bescheiden nannte, hatte nicht nur auf die DEAD KENNEDYS und andere Bands eine breite Faszination ausgeübt, sondern auch in Mitchs Umfeld eine große Anhängerschaft gefunden.

Gruppen wie Rote Khmer Altona oder Khmer Rouge Nordstadt waren keine außergewöhnlich aufsehenerregenden Erscheinungen.

In Folge fehlender anderer Alternativen und aufgrund ihrer durch viel Übung immer schlüssiger und überzeugender werdenden Argumentationen waren Spider und Kralle von ihrer anfänglichen puren Provokation bald schon zu einem ernsthaften, fast religiösen Glauben an den kleinen runden Mann aus dem Dschungel konvertiert.

Immerhin hatte Pol Pot zur Beseitigung der Feinde der Revolution, sprich deren Hinrichtung, voll recyclebare Plastiktüten benutzt. Diese Tüten wurden den Mitbürgern über den Kopf gestülpt und am Hals zugebunden. Weilten die uneinsichtigen Zeitgenossen wegen mangelnder Sauerstoffzufuhr nicht mehr unter den Lebenden, konnte die Tüte abgenommen und ohne Probleme weiter benutzt werden. Pol Pot hatte außerdem sämtliche Autos aus den Städten verbannt. Ein Umweltschützer, der seinesgleichen sucht.

So was hatten nicht mal die Grünen geschafft, und das war nicht der einzige Grund, warum sie im Suff gerne die revolutionären Lieder der Arbeiter- und Bauernklasse zum Besten gaben.

Der Glaube an diese politische Lichtgestalt äußerte sich nicht nur darin, daß nun das Pol Pot-Farbposter in dem goldenen Bilderrahmen hing, der einst ein Jugendphoto von Kralles Oma geziert hatte, sondern auch in der Sprache, die vor kommunistischen Redewendungen nur so strotzte.

Laut Spiders neuester These, die er auf einer Freiburgfahrt entwickelt hatte, waren in jeder größeren und mittleren Kleinstadt neben den Hauptverbänden in Hamburg, Hannover und Bochum Rote-Khmer-Kampfgruppen installiert. Krachte es zum Beispiel bei einer Demo in Hamburg, so versicherten Spider und Kralle jedem, ob derjenige es hören wollte oder nicht, daß hinter den Krawallen die Roten Khmer, die Creme de la Creme der revolutionären Kampforganisationen, stecke, an deren Wehrsportcamps im Teutoburger Wald sie zusammen mit anderen Punks regelmäßig teilnehmen würden.

Nicht wenige glaubten den beiden nach kurzer Zeit, so wie sie es langsam aber sicher selbst glaubten.

Als sie damit anfingen, auch ihm ernsthaft zu erzählen, daß sich im Schwarzwald unter der Führung des Sängers der alten Kölner Punkrocktruppe COTZBROCKEN einige Eliteeinheiten des Leuchtenden Pfades aus Peru, welche über Spanien und Frankreich bereits in den Siebzigern nach Europa eingesickert waren, sowie die seit Jahren in den Wäldern versteckt lebenden Überreste der Wehrsportgruppe Hoffmann vereinigt hätten, fiel bei Mitch die Klappe. Das Ziel dieses Kampfverbandes sei es, so Spider, die sogenannte Weltformel in ihren Besitz zu bringen, welche sich angeblich in den Händen einer Bochumer Künstlerfamilie befände. Wer im Besitz der Weltformel war, deren Zusammensetzung niemand so genau kannte, war von der totalen Machtergreifung nicht mehr weit entfernt. Auch was man mit der Weltformel eigentlich anstellen konnte, blieb eine unbeantwortete Frage an Spider und Kralle. Nur eines war klar. Der Leuchtende Pfad wollte in Zusammenarbeit mit der Hoffmann Truppe, unter Führung des COTZBROCKEN Sängers unter allen Umständen in deren Besitz kommen.

Sobald er ab diesem Zeitpunkt auch nur im Ansatz den

Namen des zeitweise von der Bundesregierung anerkannten Staatschefs Kambodschas hörte, der wiederum den Auftrag zur Beschaffung der Weltformel an den COTZBROCKEN-Sänger persönlich erteilt haben sollte, indem er ihm auf der ersten DEAD KENNEDYS-Scheibe »Fresh Fruit For Rotting Vegetables« geheime Botschaften hatte zukommen lassen, die nur von ganz wenigen Menschen verstanden und gedeutet werden konnten, vorausgesetzt man ließ die Platte rückwärts laufen, war für ihn Ende der Diskussion.

Er stellte die Ohren auf Durchzug, konnte auch nicht mehr über Kralle und Spider lachen, weil sie tatsächlich begannen, an ihre politischen Verschwörungstheorien zu glauben – und wer weiß? Vielleicht hatten sie sogar recht?

Prinzipiell wußte er politisch gesehen selbst nicht, was er wollte, er wußte nur, daß das, was zur Zeit auf der Angebotspalette stand, in keinster Weise seinem Geschmack entsprach. Manchmal wünschte er sich, zu Zeiten einer großen Revolution gelebt zu haben, auch wenn er von den Ergebnissen, die aus ihnen hervorgegangen waren, mehr als enttäuscht war.

Er spürte immer wieder die große Leere: Das reine dagegen sein, ohne Perspektive, die totale Verweigerung ohne konstruktive Momente in seinem Alltag, kurz das Leben, das Kralle, Spider und Co. führten, ließ ihn auf Dauer unausgefüllt und unzufrieden zurück.

Die reine Provokation wurde irgendwann so aufregend wie die fünfte GBH-Platte. Die Zeiten, als man mit bunten Haaren noch durch die halbe Stadt geprügelt wurde und das Leben als Punk ein total kräftezehrender, an die Substanz gehender Kampf war, waren zumindest für ihn längst vorbei. Er suchte Abenteuer, er brauchte den Kick. Bürgerliche Zeitvertreibe, wie das weit verbreitete Saufen, erzeugten bei ihm spätestens nach zwei Tagen nur noch ein müdes Gähnen. Es wurde schlicht und ergreifend langweilig.

Drogen hatte er die verschiedensten, außer die ganz harten Sachen, ausprobiert. Sie brachten allerdings auch keinen Sinn in sein kümmerliches Dasein und waren schnell wieder als dekadente, überflüssige Beschäftigung für die verweichlichte Mittelklasse, die chancenlosen Verlierer oder die gelangweilten Reichen verworfen worden.

Er verteufelte das Zeug jedoch nicht. Er fand es sogar gut, daß es in dieser Gesellschaft von Drogenabhängigen jeder Art nur so wimmelte und diese jede Menge Verwirrung stifteten, der Volkswirtschaft einen immensen Schaden zufügten und sich meist sogar selbst entsorgten, sei es durch den goldenen Schuß, die versteinerte Leber oder den weichen Keks.

Bis die Abhängigen jedoch endgültig über den Jordan gingen, dauerte es in der Regel eine ganze Weile, und in dieser Zeit lagen sie zumindest im Weg herum und machten Dreck.

Suchtkranke waren seiner Meinung nach revolutionärer als die »Alternativen«, die sich in ihren kleinen Klitschen und Reservaten den Rücken krumm arbeiteten, meist zu schlechterer Bezahlung als in den regulären Betrieben des Ausbeutersystems. Die Scheißhippies schufen Nischen für Pseudoaußenseiter und zahlten auch noch brav Steuern.

Das Wort Suchtkranke benutzte er eigentlich nicht gerne. Irgendwann hatte er ein Pamphlet einer Gruppe namens »SPK« oder so ähnlich in die Hände bekommen, welche für ihn schlüssig und nachvollziehbar den von den Herrschenden definierten Begriff »Krankheit« auseinandernahm.

Er wußte, daß wer oder was »krank« sei, von den Mächtigen und der Mehrheit bestimmt wurde. Was aber wäre, wenn die Mehrheit selbst krank wäre? Dann würden alle Gesunden als Kranke bezeichnet und die kranke Mehrheit als gottgegebene unverrückbare auf alle Zeiten fortbestehende Normalität angesehen.

Genau das war der Zustand, in dem sich die Gesellschaft, kurz gesagt, seiner Meinung nach zur Zeit befand. Krank.

Abgesehen von den gesamtgesellschaftlichen Auswirkungen fand Mitch jede Art von Abhängigkeit zum Kotzen und verabscheuungswürdig, im Gegensatz wiederum zu den Abhängigen selbst, denn die taten eine ganze Menge Gutes. Beispielsweise auf Kosten der Allgemeinheit dahinsiechend die Volkswirtschaft schädigen, das Bruttosozialprodukt auf gar keinen Fall steigern oder schlicht und ergreifend Verbrechen begehen.

Lediglich die ganz normalen Nikotinsklaven, welche einen nicht unbeträchtlichen Teil ihres Lebens mit dem Gedanken verschwendeten, wo sie ihre nächste Dosis Gift herbekommen konnten, und unbescholtene Bürger permanent mit der Frage nach Feuer nervten, waren in seinen Augen Zwangsarbeiter und gleichzeitig Kollaborateure des Schweinesystems.

Zigaretten waren in seinen Augen eine der übelsten Waffen im Kampf gegen den Widerstand. Mit dem Glimmstengel konntest du sie alle glücklich machen und alles vergessen lassen.

Er war sich sicher, daß ohne Kippen keine amerikanische Armee jemals einen Krieg gewonnen hätte. Die G.I.s hielten einfach immer bis zur nächsten Kippe durch, egal wie hoch die Scheiße gerade spritzte. Ihm war es ein Rätsel, wie man sein Leben für einen solch banalen Genuß wegwerfen konnte, aber die Soldaten im Schützengraben wußten vielleicht keine banaleren Gründe für das, was sie taten. Die Frage, wie man bis zur nächsten Zigarette überlebte, um sie zu genießen, war entscheidender als die, warum man überhaupt in diese Situation gekommen war. Nichtmal einen anständigen Rausch hatte man davon. Die Leute waren tatsächlich mit dem letzten Dreck zufriedenzustellen. Mit diesem Dreck finanzierten die Raucher durch Steuern und die immensen Gewinne der multinationalen Tabakkonzerne ihre eigenen Ausbeuter.

Zu guter Letzt richteten sie ihre Gesundheit zu Grunde und waren als körperliche Wracks garantiert nicht mehr in den Reihen der durchtrainierten schwarzen Garde, einer autonomen Anarchosonderkampfeinheit, die bisher allerdings leider nur in seinen Plänen existierte, zu gebrauchen. Er war wenigstens »dagegen«, und er war vor allem gegen Ausbeuter.

Er wollte die ultimative Freiheit, für die er auch zu kämpfen bereit war. Er wußte zwar nicht genau, was er dann mit dieser anfangen sollte, zunächst mußte sie allerdings zweifelsohne erkämpft werden, und daß die größten Feinde der Freiheit die ekelhaften Nazis waren, war klar. Jeder halbwegs politisierte Jugendliche, der unter dem Einfluß der Siebziger-Jahre-Erziehung, also Flipper, Skippy, Fury, Lassie und Hase Cäsar groß geworden war, konnte das begreifen. So hatte er bald ein ausfüllendes Hobby gefunden, was eine 100prozentig nicht langweilige Beschäftigung garantierte. NAZIS JAGEN!

Das war zwar auch keine ultimative Antwort auf die Frage nach dem Sinn, aber eine recht akzeptable Übergangslösung. Zumindest bescherte sie ein gutes Gewissen, teilte die Welt in leicht zu unterscheidende Lager. Es gab ein paar Gleichgesinnte und vor allem genügend Feinde.

Er machte sich keine Gedanken darüber, ob er die Freiheit nur für sich, seine Freunde oder gar die gesamte Gesellschaft wollte. Er wußte nur eins: Die Nazis mußten weg! Sie bedrohten die Freiheit, egal für wen, und waren sowieso widerlich. Alleine ihr äußeres Erscheinungsbild brachte ihn zum Kotzen, obwohl er sich natürlich bewußt war, daß die schlimmsten und gefährlichsten Nazis meist sehr gut getarnt waren. Da machte er sich, abgebrüht wie er war, gar keine Illusionen.

Trotzdem konzentrierte er sich bei seinem Privatfeldzug lieber auf die Straßen- und Stiefelnazis, diejenigen also, die leicht zu erkennen waren. Das war schlicht und ergreifend bequemer und brachte oft schnell die ersehnte Befriedigung.

Die Jagdzeit war eröffnet. Es war eine völlig andere Jagd als die ewige Jagd nach Frauen beispielsweise, die er auch einmal sehr intensiv betrieben hatte und die so manch einer seiner Geschlechtsgenossen zum Lebensinhalt erkoren hatte, ihn mittlerweile allerdings kalt ließ.

Er hatte einige feste Beziehungen hinter sich und zahlreiche sexuelle Erfahrungen gesammelt, feste Freundschaften allerdings stets, nachdem sie nach den üblichen Anfangsturbulenzen ihren geregelten Gang eingeschlagen hatten, aufgekündigt. Heute verspritzte er die Millionen und aber Millionen genetischer Informationen, die sich im Laufe eines Milliarden Jahre dauernden Evolutionsprozesses entwickelt hatten, höchstens noch, wenn es der antifaschistische Kampf mit äußerster Härte erforderte. Ansonsten tendierte sein Liebesleben gegen den absoluten Minusbereich. Nichtmal der standardisierte morgendliche Griff unter die Bettdecke gehörte zu seinem spartanischen Alltag.

Seine gescheiterte Beziehung zu Dina hatte tiefe Spuren hinterlassen. Er war mehr oder weniger fest mit ihr zusammengewesen und so verknallt wie noch nie, als sie für ein halbes Jahr als Au Pair nach Paris ging.

Anfangs glaubte er an die wahre aufrechte Liebe, das Thema unzähliger Filme und Serien. Er war grenzenlos naiv. Als ihm allerdings drei Wochen nach ihrer Rückkehr zufällig Dinas Tagebuch in die Hände fiel, zerbrach in ihm eine Welt. Ihre Abenteuer, die sie schließlich um Lichtjahre von ihm trennen sollten, begannen schon auf der Zugfahrt von Deutschland in die Seine-Metropole. Er wußte zwar, daß es eigentlich eine große Schweinerei war, aber er hatte trotz moralischer Bedenken einfach ihr Tagebuch gelesen, sah immer wieder vor seinem geistigen Auge zwischen seinen schweißnassen Fingern die fein säuberlich beschrifteten Blätter vor sich, auf denen es gleich von der ersten Seite an zur Sache ging. Eine Sache, an der sein Herz zerbrach.

»Der schwedische Rucksacktourist hatte mich ziemlich unverschämt angeguckt, und ich muß zugeben, daß mir seine Blicke mehr als geschmeichelt hatten. Mein Höschen war schon relativ feucht von der manchmal etwas streng riechenden aber durchaus wohlschmeckenden Körperflüssigkeit, welche sich im Laufe eines Milliarden Jahre dauernden Evolutionsprozesses entwickelt hatte und die optimalen chemischen und physikalischen Bedingungen eines Gleitmittels besaß, welches je nach Bedarf in manchmal wirklich erstaunlichen Mengen produziert werden konnte, als sich unsere Knie berührten. Wir sprachen kein Wort miteinander, sahen uns auch kaum an. Es lag trotzdem ein Kribbeln in der Luft. Ich zog die Vorhänge des Abteils zu. Er öffnete seine Hose, um seinem bisher sicher verstauten Schwellkörper, dessen Flutkammem begierig darauf warteten, mit Flüssigkeit aufgefüllt zu werden, zu etwas Frischluft und Tageslicht zu verhelfen, bevor ich dieses biologische Meisterwerk gleich wieder in die totale, warme und enge Dunkelheit versenkte.

Die Flüssigkeit in den Flutkammern bestätigte den ehernen Gesetzen der Physik mit Nachdruck ihre selbst nach Milliarden Jahren noch immer andauernde Gültigkeit.

Ich weiß selbst nicht, was mich so geil gemacht hat, aber noch bevor der Typ mit hochrotem Kopf Million… nach maximal zwei Minuten auf meinen Bauch und mein nagelneues MDC-T-Shirt verspritzte, hatte ich einen Orgasmus, wie ich ihn mit keinem anderen vorher erlebt hatte. Es war völlig anders als die kosmischen Explosionen, die ich erfahre, wenn ich es mir selbst mache, wobei ich immer an Bela B. von den Ärzten denke. Ich stelle mir dann zum Beispiel vor, wie er seinen Schwellkörper von hinten mit der dunkelsten und tiefsten meiner Körperöffnungen Bekanntschaft schließen läßt.

Wenn es mir dann durch Selbstbefriedigung kommt, ist das ein ganz anderes »Kommen«.

Ich kann es mir sehr oft hintereinander selbst machen, wobei die Orgasmen mit der Zeit immer seichter und kürzer werden, aber dieses sich im Laufe von Milliarden Jahren immer nach dem gleichen Schema ablaufende biomechanische chemische spirituelle Ereignis in dem Zugabteil war wirklich eine ganz neue interessante Erfahrung.

Mit den gequälten, rein sportlichen Betätigungen, die ich zusammen mit Mitch hatte und welche unter dem Oberbegriff Geschlechtsverkehr liefen, hatte dies absolut gar nichts zu tun,

Ohne ein weiteres Wort zu wechseln, haben wir uns am Bahnhof getrennt. Nicht mal eine Telefonnummer habe ich mir von dem Schweden geben lassen. Leute mit Rücksäcken sind sowieso Weicheier. Eine Sache, mit der Kralle ausnahmsweise mal recht hat.«

Seite für Seite laß Mitch das Tagebuch weiter, für ihn war eine Welt zusammengebrochen und doch bereute er es nicht, daß er verbotenermaßen das Buch geöffnet hatte. Zu den ÄRZTEN wegen Bela B.s Mitgliedschaft und dem männlichen Teil der schwedischen Bevölkerung und nicht nur die, die hippiemäßig mit ihren widerlichen Rucksäcken durch die Welt reisten, gesellten sich von Abschnitt zu Abschnitt zahlreiche verschiedene andere Personengruppen, die er auf Grund seiner glühenden Eifersucht ab sofort haßte, denn leider oder besser zur Freude von Dina blieb es nicht bei diesem einen biomechanisch-chemisch-spirituellen Erlebnis.

Nach rund drei Monaten Aufenthalt und etwa dreihundert eng beschriebenen Seiten war die Zahl seiner Feinde Legion. Er erreichte trotzdem noch eine weitere Steigerung der Qualen.

»Heute nachmittag hat mich Monique angerufen, von der ich wußte, daß sie neben ihrem Au-Pair-Job noch eine andere Arbeit hatte, um sich etwas nebenbei zu verdienen, weil man mit 1500 Franc, dem regulären Au-PairLohn im Monat, in Paris nicht über die Runden kommt. Die Preise sind wirklich höllisch und das Leben eines AuPair-Mädchens in den meisten Fällen das einer modernen Sklavin.

Ich habe mich mit den Lebenshaltungskosten total verschätzt und bin meistens schon nach zwei Wochen abgebrannt, weil der Lohn verdammt gering ist.

Monique hatte eine schlimme Erkältung, hörte sich ziemlich kaputt an. Ich sollte an diesem Tag für sie einspringen, was mir gerade recht kam, da bei mir wieder totale Ebbe in der Kasse herrschte. Am Telefon wollte sie mir seltsamerweise die Adresse ihres Jobs nicht verraten, außerdem sollte ich unbedingt vorher noch bei ihr vorbei kommen, um einige »instructions«, wie sie sich geheimnisvoll ausdrückte, von ihr entgegenzunehmen. Ich war wirklich gespannt. Pünktlich um drei stand ich in der Tür zu ihrem kleinen Dachzimmer. Sie sah wirklich schlimm aus. Total verrotzt, dazu einen ziemlich üblen Husten.

»Komm doch rein, ich muß mich direkt wieder ins Bett legen. Mir geht es verdammt dreckig. Ich hoffe nur, daß ich keine Lungenentzündung bekomme.«

»Was machst du auch für Sachen? Das kommt davon, wenn man so 'ne Scheiß-Erkältung nicht gleich auskuriert!«

»Du hast recht! Aber ich verdiene verdammt gut.« »Als Aushilfskellnerin? Hier in Paris?«

»Nein, natürlich nicht …« und nach kurzer intensiver Pause. »Ich habe dich und die anderen angelogen. Die Geschichte als Bedienung war eine kleine Ausrede. Der wirkliche Job ist mir ein bißchen peinlich … Ich arbeite als Tänzerin« und nach einigen

Sekunden mit einem unschuldigen Augenaufschlag, der ihr einen Job als Haushälterin bei Mutter Teresa gesichert hätte »... in einer Peepshow!«.

»Was?!« Mir klappte im ersten Moment die Kinnlade runter.

»Es ist wirklich absolut clean und ungefährlich. Du hast überhaupt keinen Kontakt zu den Kunden, nicht mal Blickkontakt. Die Fenster, durch die die Wixer reingucken, sind verspiegelt. Die anderen Mädchen und die Chefin sind total nett, und die Musik ist auch in Ordnung, manchmal läuft sogar BLONDIE. Na ja, ich weiß ja, daß du eigentlich härteren Stoff hörst, Hardcore, Punk und so ... aber du kannst auch gut tanzen, richtig tanzen meine ich, und deine Figur brauchst du auch nicht zu verstecken. Das Problem ist, daß ich, wenn ich für heute Nachmittag keinen Ersatz besorgen kann, rausfliege ... Bezahlt wird auch verdammt gut. Du kannst mir glauben, daß es mir garantiert nicht leicht fällt, dich darum zu bitten. Ich bin auch wirklich nicht sauer, wenn du mir nicht aus der Patsche hilfst, aber ...« setzte sie mit leicht pathetischem Unterton fort »... kannst du heute für mich einspringen? Vielleicht kannst du später auch regulär in dem Laden anfangen.«

Eine halbe Stunde später saß ich mit der genauen Wegbeschreibung in der Tasche in der U-Bahn Richtung »Pigalle« und betrachtete mir all die Trenchcoatwixer und zahllosen Feierabendmenschen, die sich hinter ihren Zeitungen versteckten.

Ich stellte mir vor, wie sie heimlich zwischen Büroschluß und Abendessen verstohlen in die Peepshow schlichen, um Million... und die sie in vergangenen Zeiten, als ihre Ehen noch glücklich waren, in ihre Frauen ergossen, die wiederum genau in diesem

Moment wahrscheinlich die Flutkammem der Schwellkörper des Milchmanns, Schornsteinfegers oder Postboten auf Vordermann brachten, nun bestenfalls in einem Papiertaschentuch landen ließen, welches gleich darauf zerknüllt in der Hosen- oder Manteltasche verschwinden oder eiskalt, ohne jegliche Skrupel, auf den klebrigen Boden der Kabine fallen würde.

Meistens fiel das Taschentuch auf den Boden. Wurde es mal in der Hosen- oder Manteltasche vergessen, so konnte das ernsthafte Verwicklungen nach sich ziehen, denn in der Regel fanden die Ehefrauen spätestens bei der Reinigung des Kleidungsstückes den verräterisch klebrigen Beweis. Ein Fund, der meist unangenehme Fragen nach sich zog.

Die Besitzerin und Betreuerin der Mädchen, eine Frau Lucard, etwa 50 Jahre mit akkurat gestylter Dauerwelle, stellte mich den vier anderen Mädchen vor, welche in Bademänteln im Aufenthaltsraum herumsaßen, Tee tranken, strickten oder neues Make Up auflegten. Ich war mit Abstand die jüngste, die anderen waren alle schon fünfundzwanzig bis Mitte dreißig.

Alle waren furchtbar nett und kollegial zu mir, vor allem mit Claudine, einer Halbvietnamesin, verstand ich mich vom ersten Moment an total gut. Ich bekam noch ein paar Anweisungen, was ich zu unterlassen hatte und wie ich mich ungefähr bewegen sollte, ein paar gut gemeinte Tips und Grundsätzliches.

Ich war reichlich nervös und schämte mich ein bißchen, als ich mich für den Auftritt auszog und in den Bademantel schlüpfte. Die anderen Mädchen machten mir allerdings richtig Mut, und nach einer weiteren Zigarette ging es mir schon wesentlich besser. Wir sollten uns im Fünf-Minuten-Takt abwechseln. Meine Schicht begann um 19 Uhr.

Kurz vor meinem Einsatz hatte ich noch mal richtiges Lampenfieber, aber selbst das Laufen auf den Stöckelschuhen bereitete mir keinerlei Schwierigkeiten, obwohl ich die Dinger nur äußerst selten anziehe. Die Musik von Depeche Mode, eins der tanzbarsten Stücke, kam mir gerade recht, so daß ich relativ befreit und locker die Treppe hinaufging.

Ich betrat den mit rotem Samt ausgeschlagenen runden Raum in dessen Wände zwölf von meiner Sicht aus in Beckenhöhe angebrachte Spiegel eingelassen waren, so daß ich mich beim Tanzen von oben selbst beobachten konnte. Dadurch, daß sich die Scheibe in der Mitte des Raumes drehte, mußte ich kaum Tanzschritte machen, sondern konnte mich voll auf die Körperbewegungen konzentrieren, Becken und Rücken also richtig kreisen lassen, um den armen Wixern hinter ihren Scheiben ordentlich einzuheizen. Ich muß zugeben, daß mich mein eigenes Bild im Spiegel heiß machte. Ich war bis auf die roten Stöckelschuhe vollkommen nackt. Hier wurde nicht gestrippt. Auf Glitter und Fummel wurde verzichtet. Es ging gleich richtig zur Sache. Das erwartete auch die Kundschaft. Zu Hause hatte ich mir ab und zu ganz gerne beim Onanieren zugesehen und mir einen Spiegel direkt zwischen die Beine gehalten, während ich mir den Vibrator in meine feuchte Höhle geschoben hatte. Einmal hatte ich vor dem Schlafzimmerspiegel meiner Eltern auch eine Kerze auf dem Boden befestigt und mir über die Schulter zugesehen, wie sie in mir verschwand, wenn ich mein Becken hoch und nieder hob, während ich meinen Liebesspeck am Hintern zart auseinander zog.

Bei der Erinnerung an diesen geilen Anblick waren meine Nippel schon so fest wie die Fundamente des Eiffelturms. Ich begann, die prallen Träume onanierender dreizehnjähriger Schuljungen zu kneten. Dazu wiegte ich mein Becken rhythmisch hin und her.

Im Takt der Musik streichelte ich mir langsam und zärtlich mit einem möglichst verruchten Blick, innerlich mußte ich über mich selbst grinsen, den Bauch hinunter, bis ich schließlich zwischen meinen Beinen angelangt war und mir das vertraute Gefühl, die Schamhaare zu spüren, verriet, daß ich nicht mehr weit vom Ziel der Phantasien von 99,9 Prozent aller Männergedanken entfernt war.

Als mein Finger in dem heißen Loch zwischen den Beinen verschwand, war eine gewisse Feuchtigkeit nicht von der Hand zu weisen, im doppelten Sinne, und ich muß ehrlich zugeben, daß ich Spaß daran hatte.

Ich ließ den Finger ein paar Mal hinein und hinaus gleiten, dann setzte ich mich auf die Erde. Eine Hand knetete weiter meine Brust, die dem Wort »Prall« eine neue Definition verlieh, die andere streichelte vorsichtig die wunderbare Perle in meiner Muschel, um schließlich mit zwei Fingern tief in der Spalte darunter zu verschwinden, die dadurch, daß ich das rechte Bein angewinkelt und das andere vom Körper weg spreizte, für alle Beobachter, die auch nur im entferntesten Interesse daran hatten, gut sichtbar war. Ich ging davon aus, daß das Interesse groß war. Ich bekam langsam aber sicher trotz der Hitze eine Gänsehaut, was ganz offensichtlich nicht mit äußeren Temperatureinflüssen zu tun hatte, und hoffte, daß die zahlenden Gäste mitbekommen würden, daß ihnen hier etwas ganz Besonderes geboten wurde, daß sie in gewissem Sinne auf diesem Gebiet eine Jungfrau vor sich hatten.

Das alles hatte zwar nicht unbedingt etwas mit einem biomechanisch-chemisch-spirituellen Erlebnis zu tun, aber auf eine gewisse Art und Weise war ich auf dem besten Weg, einen anderen Raum im anscheinend unendlich großen Tempel der Lust zu entdecken. Ich befand mich kurz davor, in neue Bereiche vorzudringen, hatte den Türgriff schon in der Hand, brauchte das Tor nur noch aufzustoßen.

Ich vergaß völlig, wo ich mich befand; erst durch das eigenartig ratschende Geräusch, das verriet, daß sich hinter den Spiegeln immer mehr der ohne Geldeinwurf unten bleibenden Sichtblenden nach oben zogen, wurde mir wieder bewußt, daß dies hier nicht der Teppich vor meiner Badewanne oder das Handtuch auf meiner Waschmaschine war, sondern die professionelle Drehscheibe einer Peepshow mitten in Paris. Irgendwie schon alleine, auf der anderen Seite aber angestarrt von zahlreichen Männern die pro Minute fünf Franc bezahlten, um Million… in ein billiges Papiertaschentuch zu spritzen, um sich danach die Frage zu stellen, ob sie das Tuch in die Tasche stecken oder doch besser auf den klebrigen Boden werfen sollten.

Ein schwieriger Entscheidungsmoment im Leben eines Mannes, und ich war die Herrin der Triebe, die den auslösenden Moment darstellte, der die winzig kleinen männlichen Gehirne in ein solches Debakel stürzen sollte.

Ich brachte diese Sklaven ihrer Hormone, die wie willenloses Treibgut durch eine Welt der sexuellen Reize gespült wurden, in einen schwerwiegenden Gewissenskonflikt, der sie, zumindest in diesem Moment, mehr beschäftigte als die ansonsten allgegenwärtige Frage, wie sie am nächsten Tag ihrem Chef am besten in den Arsch kriechen sollten.

Dadurch wurde ich allerdings nicht abgetörnt – ganz im Gegenteil. Es machte mich nur noch geiler, so geil, daß meine geheimnisvolle Perle zu einer solchen Dicke anschwoll, daß die Flutkammern der Schamlippenschwellkörper mit mehr Blut angefüllt waren, als je zuvor. Mein süßes Kleinod stellte den Begriff »Prall«, den ich erst kurz vorher durch meine Brüste neu definiert hatte, erneut in Frage.

Auch das Wort »Saftig« bekam eine andere Dimension. Keine bekannte Frucht der Welt hielt einem Vergleich mit dem Anblick, der sich dem Betrachter zwischen meinen Beinen bot, stand. Selbst eine frisch aufgeschnittene, überreife Wassermelone wirkte gegen mein goldenes Dreieck wie eine vertrocknete, seit Tagen in der Wüste liegende Pflaume.

Ich beschloß, es einem nach dem Zufallsprinzip ausgesuchten Wichser zur Feier des Tages, als Einstand sozusagen, ganz besonders zu besorgen, so daß die anderen armen Spritzer garantiert neidisch auf ihn werden würden und er sich als der absolute König fühlen durfte. Bei meinem nächsten Auftritt gäbe es dann sicher ein Gerangel um das entsprechende Kabinenfenster, welches ich natürlich nicht wieder mit einem solchen Exklusivschauspiel verwöhnen würde.

Ich verließ die rotierende Fläche und begab mich auf den Seitenbereich, stellte mich mit dem Rücken zur Wand und beugte mich ganz langsam nach unten, so daß mein Liebesspeck beinahe diesen einen wahllos ausgesuchten Spiegel berührte, auf dessen anderer Seite zu diesem Zeitpunkt wohl ein nie dagewesener Innendruck in den Schwellörper-Flutkammem eines Triebsklaven geherrscht haben dürfte.

Ich beugte mich soweit hinunter, bis Rücken und Beine einen

rechten Winkel bildeten, dann packte ich meine Pobacken, zog sie leicht auseinander, so daß der Betrachter hinter der durchsichtigen, undurchdringbaren Barriere genau in das ansonsten so schlecht einzusehende Paradies blicken konnte.

Ich mache jede Wette, daß in dem Moment, in dem ich drei Finger in meinem Lustgarten versenkte und mit der anderen Hand den Liebesspeck auseinander zog, in nur zehn Zentimetern Luftlinie hinter mir nicht nur ein roter Kopf kurz vorm Zerplatzen war.

Als ich genüßlich die Finger aus meinem gut gehüteten Geheimnis zog, sie mir langsam in den Mund schob und beim Geschmack, der mich dadurch nicht unverhofft noch heißer machte, unweigerlich mit den Schenkeln und dem Zentrum meines Willens, das sich kurz darüber befand, zu beben begann, dürfte auf der anderen Seite der berühmte Taschentuchgewissenskonflikt in die Wege geleitet worden sein.

Befriedigt verließ ich den Raum und spirituell gleichzeitig das neu aufgestoßene geräumige Zimmer im unendlich verzweigten Tempel der Lust, in dem ich mich soeben zum ersten Mal in meinem Leben befunden hatte.

Später bekam ich trotz des Handtuchs, das den roten Samt effektiv vor feuchten Flecken geschützt hatte, von der Chefin eine Rüge, weil meine Show »too hot« gewesen sei. Die Typen werfen nach dem ersten Abspritzen meistens kein Geld mehr nach, sondern hinterlassen höchstens ein Taschentuch. Das konnte ich als Anfängerin nicht wissen.

Trotzdem konnte ich als Ersatzfrau anfangen. Die Madame hatte mein Talent erkannt, und ab sofort verdiente ich mir ein gutes Sümmchen dazu, was mir blendend über die Runden half, vor allem bei meinem stetig steigenden Graskonsum. In Paris gibt es wirklich verdammt gutes afrikanisches Gras. Man muß nur wissen wo. Meist kommt es über die südliche Grenze von Spanien nach Europa.«

Für Mitch war diese Episode und die daraus folgende Erkenntnis ein echter Schock: Er stellte sich vor, wie seine jungfräuliche reine Dina, seine Gefährtin aus der guten alten DAGEGEN Zeit, das Mädchen, das er quasi noch aus dem Sandkasten kannte, sich nackt auf einer Scheibe drehte. An die Wände und auf die Böden der kleinen Kabinen rings herum sich währenddessen Million… und aus der vor Milliarden Jahren entstandenen Ursuppe herauskristallisiert hatten, ergossen und wieder zu einer gigantischen Ursuppe verschmolzen, welche die Eigenschaften von Weißen, Schwarzen, Dicken, Dünnen, Großen, Kleinen, Nazis, Kommunisten, Bankiers, Bäckern, Cowboys, Indianern, Chinesen, Müllmännern, Astronauten, Einzelhandelskaufleuten, Polizisten, Pfarrern, Maurern, Steuerberatern, Straßenmusikanten, Touristen, Matrosen, Hippies, Bergbauern und vielen mehr in sich trug. Dieser Sud, vermengt mit Straßendreck und Papiertaschentuchfetzen, wurde von einer alten kranken Frau, welche hier nur arbeitete, weil sie ihrem Sohn das Studium finanzieren mußte, oder einem leicht debilen Hilfsarbeiter, der hoffnungslos in eines der hier tanzenden Mädchen verknallt war, aufgewischt und mit Putzwasser stark verdünnt in den Ausguß gekippt.

Das war verdammt ungerecht. In jeder Beziehung.

Ganz am Ende des Tagebuches fand er, in den Umschlag eingelegt, sozusagen als das Sahnehäubchen und den absoluten persönlichen Höhepunkt, noch einen an seinen alten Kumpel Schlumpf in

Essen adressierten Brief, der allerdings offensichtlich nie abgeschickt und noch nach der Zeit in Paris verfaßt worden war:

»Hallo, Schlumpf! Ich weiß nicht, warum du dich nicht mehr meldest. Ich fand das biomechanisch-chemisch-spirituelle Erlebnis im Bandbus von AGNOSTIC FRONT in Salzgitter wahnsinnig schön. O.K. Ich war besoffen und du warst besoffen, und daß zwischendrin Roger reinkam, um seine Socken zu wechseln, hat dich vielleicht ein bißchen aus dem Takt gebracht, aber glaubst du nicht, daß sich zwischen uns beiden etwas entwickeln könnte ... oder hast du wirklich nur bei mir ausprobiert, ob die Schleusen zu den Flutkammern deines Schwellkörpers noch einwandfrei funktionieren ... oder war es tatsächlich so, daß du es nur getan hast, weil du mit Steiner um einen Kasten Bier gewettet hattest, daß du mich rumkriegst? Das hat mir nämlich Franco so erzählt. Wenn es wirklich so ist, dann ist mir natürlich klar, warum du dich am Telefon immer verleugnen läßt. Ich wünsch dir auf jeden Fall die Krätze an den Hals, obwohl ich dich immer lieben werde. *Deine* Dina!«

Warum sie den Brief nicht abgeschickt hatte, wußte er nicht. Vielleicht hatte sie es sich mit der Liebe doch noch anders überlegt. Er wußte allerdings, daß er zum Zeitpunkt der AGNOSTIC FRONT-Tour offiziell noch mit Dina zusammen gewesen war. Noch nie war er so gekränkt worden. Schlumpf war ab sofort ein Arschloch, und Frauen interessierten ihn ab diesem Zeitpunkt nur noch peripher oder eben wenn es irgendetwas mit dem antifaschistischen Kampf zu tun hatte.

Stattdessen sammelte er lieber Informationen über potentielle Braunhemden und nahm meist den weiteren Verlauf der Dinge, was soviel wie Bestrafungsaktionen bedeutete, selbst in die Hand.

So saß er auch an diesem Nachmittag in seinem unauffälligen weißen Kleinwagen und fuhr die relevanten Wohnungen und Treffpunkte der von ihm ausgespähten Objekte ab. Griffbereit auf dem Beifahrersitz die Kamera mit dem Teleobjektiv und das Diktiergerät, in das er blitzschnell wichtige Informationen wie Autonummern und andere Daten hineinsprechen konnte.

Von Anfang seines Punkdaseins an war er mit der Gewalt von rechts konfrontiert worden.

Niemals würde er vergessen, wie am hellichten Tag in der belebten Innenstadt seine Freundin von einem zufällig vorbeilaufenden Vornekurzhintenlang-Proll mit dem Motorradhelm volle Granate in die Fresse gekloppt bekommen hatte, sie sofort zusammenbrach und ihr erst mal für ein paar Wochen der Drink aus der Schnabeltasse gewiß war. Bei der sich daraufhin entwickelnden Schlägerei eilten dem Angreifer zu allem Überfluß auch noch ein paar »normale Passanten« zu Hilfe. Ein Mantafahrer stoppte mitten auf der vielbefahrenen Kreuzung und sprang mit dem Wagenheber auf die drei Punks zu, die sich anfangs nur zaghaft gegen diesen äußerst brutalen, überraschenden Überfall zur Wehr setzten.

Auf diese eindrucksvolle Art und Weise, er lief gerade mal sechs Wochen mit abstehenden Haaren durch die Gegend, machte er zum ersten Mal handgreiflich Bekanntschaft mit dem gesunden Volksempfinden. Damals hatte er einen Gürtel, den kurz vorher ein sonnengebräunter Bodybuilder seinem Kumpel Panzer entrissen hatte, auf den Schädel bekommen, was einen bleibenden Eindruck nicht nur unter, sondern in Form einer sechs

Zentimeter langen Narbe, auch auf seiner Schädeldecke hinterlassen hatte. Es sollte nicht das letzte Erlebnis dieser Art bleiben.

Es folgten im Lauf der Jahre zahlreiche Auseinandersetzungen mit Naziskins, während Gigs wie etwa in Köln bei PETER AND THE TEST TUBE BABIES oder in Frankfurt bei MADNESS, die Hauerei mit den Schweizern während des ANGELIC UPSTARTS-Konzerts in Freiburg war auch nicht übel. Nicht zuletzt dank Kralles entschlossenem Vorgehen hatten die Glatzen damals in Freiburg böse was aufs Maul gekriegt.

Mitch war bei all diesen Auseinandersetzungen immer einigermaßen glimpflich davongekommen, die Krankenhausaufenthalte konnte er an einer Hand abzählen, von bleibenden Schäden bis auf die Narbe auf dem Kopf konnte überhaupt keine Rede sein. Er war noch nie dazu gezwungen gewesen, über Nacht im Krankenhaus zu bleiben.

Das Geschäft, das er jetzt betrieb, war allerdings eine völlig andere Sache. Er betrachtete sich als einen professionellen Feierabendterroristen. Ein Ausdruck, der tatsächlich ganz gut seine Tätigkeiten beschrieb und den er keineswegs als Schimpfwort sondern als Auszeichnung betrachtete.

Der Gedanke, am Tag völlig unauffällig vor sich hinzuleben, einer sogenannten bürgerlichen Existenz nachzugehen, auf der anderen Seite mit extremster Radikalität und Entschlossenheit seine Ziele zu verfolgen, faszinierte ihn. Er haßte all die Schwätzer, die großartig über den antifaschistischen Kampf herumtönten, sich in endlosen Diskussionen verloren und im Endeffekt nichts taten. »Talk – Action = Zero« war ein guter Spruch von D.O.A., und deren Tape dudelte gerade aus den krächzenden Boxen, als er in die Robert Koch-Straße einbog.

Innerhalb kurzer Zeit hatte er seine Aktivitäten bezüglich des antifaschistischen Kampfes zur Errettung der Welt vor den rechten Horden quantitativ und qualitativ immens gesteigert.

Was zunächst mit dem Notieren von Autonummern, dem Sammeln und Veröffentlichen der Adressen von Nazis verschiedenster Braunschattierungen, eingeschmissenen Scheiben und Buttersäureattentaten begann, endete schließlich mit professionellen Brandanschlägen auf die Autos von Rechtsradikalen und als bisheriger Höhepunkt einem Überfall auf eine Stammkneipe der rechten Skinheads am hellichten Tag, welche bei diesem inklusive Gästen total demoliert wurde und kurz darauf geschlossen werden mußte.

Vor allem die Nachbarn der Gaststätte hatten die Schnauze davon voll, daß es kaum eine Nacht gab, in der nicht irgendeine Scheibe klirrte, der Hausflur nach Buttersäure stank oder mal wieder ein paar Kanonenschläge im Briefkasten explodierten.

Den entscheidenden Überfall selbst, der schließlich das Faß zum Überlaufen brachte, hatte er organisiert, angezettelt und in die Wege geleitet. Gewalt gegen Menschen war ihm jedoch selbst bei diesen primitiven Stiefelnazis zuwider. Er hatte nicht ein einziges Mal zugeschlagen, nicht mal die Kneipe betreten, sondern aus gebührendem Abstand zugesehen, wie die anderen das Mobiliar aus den Fenstern warfen. Daß wenige Wochen später ein paar der Antifa-Angreifer die Seiten wechselten und plötzlich dieses seltsame Zucken im rechten Arm verspürten, machte ihm auch nichts aus; an diesem Tag hatten die Trottel in seinem Sinne funktioniert.

Er hatte keine Probleme mit Sachbeschädigung, aber nach einer Auseinandersetzung, bei der es Verletzte gegeben hatte, wie neulich, als er einem schon am Boden liegenden besoffenen Naziskin, trotz seiner Grundsätze, so hart seine Docs in den Hinterkopf hämmerte, daß er den Schädel krachen hörte und er sich später das Blut von den Schuhen abwischen mußte, hatte er stets ein mulmiges Gefühl in der Magengegend.

So weich er bei körperlichen Auseinandersetzungen war, umso skrupelloser war er mit der Zeit im Umgang mit Sprengstoffen aller Art geworden. Bereits in der Schulzeit hatten sie mit selbstgebastelten Rohrbomben im nahegelegenen Wald Bäume gefällt, ein paar Jahre später stand etwas anderes zum Fällen auf dem Programm.

Klaus hatte über verschlungene Wege Sprengstoff der Marke Semtex besorgt. Sie hatten mächtig Respekt vor dem aus Film und Fernsehen bekannten Zeug und verstauten es in einem Einmachglas, welches durch das Gummi luftdicht abgeschlossen und noch mal in eine Plastiktüte eingewickelt in einem Steinbruch verbuddelt wurde. Sie hatten zunächst keine Ahnung, wie sie den Stoff zur Explosion bringen sollten und was für eine Wirkung die etwa zwanzig Gramm hatten, aber eines war klar, der große Strommast mußte fallen.

Sie hatten damals die große Zeit der Anti-Atom-Bewegung, als die Masten reihenweise kippten, leider verpaßt und wollten sich diesen Traum, selbst einmal einen solchen Koloß platt zu machen, nun auf jeden Fall erfüllen. Sie hatten bereits ein riesiges Ungetüm abseits jeder menschlichen Siedlung ausgemacht und waren mehrmals nachts durch die Tannenschonung an den mächtigen Betonsockel herangeschlichen, wobei sich Klaus einmal ziemlich schwer den Fuß verstaucht hatte. Ursprünglich wollten sie das Ding mit Eisensägen und großen Schraubenschlüsseln flachlegen, so wie sie es ausführlich in einer der zahlreichen kursierenden Broschüren gesehen hatten.

Jetzt, da der Sprengstoff zur Hand war, war allerdings klar, daß hier nicht geschwitzt werden mußte, zumindest Arbeitsschweiß war nicht mehr eingeplant. Daß es so oder so zu einem beträchtlichen Flüssigkeitsverlust durch die Schweißdrüsen kommen würde, war ihnen klar.

In einer lauwarmen Augustnacht, sie hatten vorher in einem der zahlreich kursierenden fotokopierten Untergrundhefte eine halbwegs verständliche Anleitung zum Bombenbau gefunden, schlichen sie zum Tatort, nachdem sie die alte, aber äußerst zuverlässige, Enduro etwa 800 Meter entfernt gut getarnt versteckt hatten.

Als Anfahrts- und Abfahrtsweg hatten sie ausschließlich Schotterwege und schließlich wieder geteerte Straßen gewählt. Lederjacken und unauffällige Jeans sowie sämtliche Papiere ließen sie ebenfalls beim Motorrad zurück, bekleidet waren beide völlig gleich. Sie trugen dunkelblaue Overalls, dünne Wollhandschuhe, über die sie nochmals AIDS-Handschuhe gestreift waren. Über dem Kopf die altbewährten Sturmhauben. Als Gepäck hatten sie lediglich den Schuhkarton dabei, in dem sich der Sprengstoff, ein traditioneller Wecker, eine Batterie und ein bißchen Kabelsalat befanden.

Beide schwitzten wie die Schweine, obwohl sie unter den Overalls nichts weiter trugen als ihre nackte weiße Haut. Ohne ein Wort zu wechseln schlichen sie durch den Wald und legten ihre erste selbstgebaute Bombe mit einem ungeheuer feierlichen Gefühl direkt neben einen der vier Pfeiler. Klaus entfernte sich zuerst, wie abgemacht, rund 100 Meter, dann stellte Mitch den

Wecker so ein, daß die Teufelsmaschine genau zwei Stunden später, um drei Uhr morgens, hoch gehen sollte.

Der Moment, als Mitch die beiden Kabel an die Batterie anschloß, war zweifelsohne der spannendste in seinem bisherigen Leben. Er hatte Glück. Wenig später saßen sie, sämtliche Klamotten inklusive der alten profillosen Schuhe und Socken, die sie vorher getragen hatten, in einen Rucksack gepackt, auf dem Motorrad Richtung Konzert im AJZ. Die Sachen, die sie nur dieses einzige Mal benutzt hatten, steckten sie noch in der gleichen Nacht in verschiedene Säcke einer Altkleidersammlung. Für die Schuhe hatten sie sich etwas besonderes ausgedacht. Sie flogen mit Backsteinen beschwert von der einsamen Fußgängerbrücke in den nahen Fluß. Sicher ist sicher. Die Bombe ging – aus welchen Gründen auch immer – nicht hoch. Selbst einen Monat später wagten sie sich nicht noch einmal zum Tatort zurück, aus Angst, daß die Gegend observiert werden würde. Erst ein dreiviertel Jahr später ging Mitch zusammen mit Gertrud, die natürlich nicht eingeweiht war und glaubte, daß sie bei Mitch endlich ans Ziel ihrer Träume kommen würde, »rein zufällig« als Liebespaar getarnt in gebührendem Abstand an dem Strommast vorbei, um zu sehen, daß nichts mehr da lag. Eine bittere Erkenntnis. Dieser Umstand bereitete ihm ziemliche Bauchschmerzen, Kopfzerbrechen und eine gepflegte Paranoia, die über mehrere Monate anhielt.

In der Presse war nichts von einem fehlgeschlagenen Anschlag zu lesen gewesen. Eine durchaus gängige Taktik der Bullen. Tauchten irgendwo doch Gerüchte über eine Bombe auf, waren die Bullen meist damit schon nah an der Quelle, da außer den Tätern und ihrem nahen Umfeld niemand Bescheid wissen konnte.

Vielleicht hatten auch irgendwelche Wildtiere das Zeug verschleppt und verbuddelt, oder es war weggeschwemmt oder wie auch immer abhanden gekommen. Allzunah wollte Mitch nicht zum Tatort zurückkehren, ihm reichten die fünfzig Meter Entfernung vollkommen aus.

Mit den Utensilien waren sie bezüglich Fingerabdrücken oder sonstiger möglicher Spuren und vor allem Herkunft des Weckers äußerst penibel umgegangen. Ihnen konnte selbst in dem Fall, daß die Bombe komplett in die Hände der Cops gefallen wäre, niemand etwas nachweisen. Im Nachhinein betrachteten sie das ganze als eine Übung für den Zeitraum vor und nach einer Tat. Sie versuchten sich einzureden, daß die nicht stattgefundene Explosion gar keine Panne gewesen sei. In Wirklichkeit war es eine Katastrophe.

Trotz seiner zahlreichen Aktivitäten im Bereich des Freizeitterrorismus, die Mitch ausgiebig voller Lust und Hingabe betrieb, hatten ihn bisher weder die Polizei und erst recht nicht die Faschos in die Mangel gekriegt. Er agierte anonym, und selbst Straftaten, von denen allgemein, wenn auch hinter vorgehaltener Hand behauptet wurde, daß er sie verübt hatte, konnten ihm nicht eindeutig nachgewiesen werden, so daß sich bisher noch kein Staatsanwalt die Mühe gemacht hatte, eine Anklageschrift zu verfassen.

Er stand trotz einer Unzahl von Aktionen bisher kein einziges Mal vor dem Richter, und seine Kontakte zur Polizei beschränkten sich wegen seines mittlerweile recht zivilen Aussehens auf immer seltener werdende Ausweiskontrollen.

Wenn er genau überlegte, lag die letzte gefährliche Situation sogar schon ein paar Jahre zurück. Damals saß er mit Stachelhaaren und Lederjacke in irgendeiner Innenstadt im Ruhrpott bei einem der damals zahlreichen kleineren Punktreffs. Er trank friedlich an seinem Bier, als plötzlich eine junge langhaarige Polizisten mit hochrotem Kopf und gezogenem Schlagstock genau auf ihn zustürmte.

»Du Drecksack hast vorhin bei Karstadt die Scheibe eingeschmissen. Los mitkommen!«

Die Frau stand unter Hochspannung und er erwartete jeden Moment den Knüppel auf seine saubere und mit viel Arbeit aufgebaute Frisur.

»Moment mal!« brachte er mit Angstschweiß auf der Stirn gerade noch hervor, doch schon befand sich sein Arm im Polizeigriff.

»Du Schwein! Das gibt erst mal 'ne Anzeige!«

Er wurde hinter eine Wanne geführt, wo überraschenderweise keine Kollegen der durchgeknallten Tussi auf ihn warteten, um ihm eine der üblichen Abreibungen zu verpassen.

Er hatte tatsächlich nichts gemacht, sondern war entweder das Opfer einer Verwechslung oder der puren Willkür dieser Beamtin. Wie auch immer, auch wenn er die Scheibe eingeschmissen hätte, er nutzte die Gelegenheit, wand sich aus dem ziemlich lächerlichen Griff, schubste die Bullenfrau an der Brust nach hinten und rannte los. Direkt hinter den nächsten Straßenecke lief er ganz normal weiter, als sei nichts geschehen.

Er hatte gerade wieder eine Gruppe mit Cops passiert, als er hinter sich ein schrilles »Haltet den Typ!« hörte. Die Bullen in seiner unmittelbaren Nähe blickten verwirrt um sich und wußten nicht, welchen der zahlreichen Punks die sich im Spurt nähernde Kollegin meinte. Er wirkte durch die normale Geschwindigkeit trotz auffälligem Outfit anscheinend total unauffällig und erreichte die Tür zu Karstadt rechtzeitig, bevor die übereifrige Polizistin, die ihren Job wohl etwas zu ernst nahm, die Gruppe der verdutzt aus der Wäsche blickenden Kollegen erreicht hatte. Dort verschwand er in der Menge, die die Tennissockenabteilung bevölkerte.

Ständig hatte er als Punk Streß mit den Bullen gehabt, obwohl er bis auf einige Notwehrsituation niemals nur an den Rand eines Gesetzesbruches gekommen war, selbst ein einfacher Ladendiebstahl war für ihn tabu gewesen, und heute?

Heute sah er unauffälliger aus, war aber ein professioneller Freizeitterrorist, dessen angerichteter Sachschaden sicher schon in die Millionen ging. Dieser Umstand erfüllte ihn mit Stolz und reizte ihn gleichzeitig, das Spiel immer weiter zu treiben.

Trotz seiner Abneigung für Gewalt gegen Menschen hatte er sich ein umfangreiches Waffenlager, bestehend aus fünf Handgranaten aus Beständen der tschechischen Volksarmee, fünfzig Gramm Plastiksprengstoff der Marke Semtex, sowie einer »sauberen« Mauser mit 1500 Schuß 9-mm-Munition, besorgt und teilweise in Erddepots, teilweise in seiner Wohnung gebunkert.

Alles zum Selbstschutz, wie er sich immer wieder sagte. Er wollte bei eventuellen Hausbesuchen der Faschos nicht ungeschützt sein, und so lag die geladene Knarre stets schußbereit in Reichweite seiner Matratze.

Die Handgranaten und der Sprengstoff waren dagegen zur reinen Sachbeschädigung bestimmt, und das war bekanntlich eine hohe Kunst.

Den Gedanken, einmal mit den Handgranaten eine Sprengfalle an einem Auto zu installieren, was mit Hilfe eines einfachen Drahtes kinderleicht war, hatte er wieder verworfen, weil dabei ganz sicher Menschen gefährdet würden, da irgend jemand das Auto starten und losfahren mußte, um die Explosion auszulösen.

»Ich sollte heute noch mal die Knarre putzen und im Wald ein kleines Übungsschießen veranstalten«, murmelte Mitch gedankenversunken vor sich hin, nachdem er zum vierten Mal den Treffpunkt der relativ neuen Clique der Faschoskins mit seinem unauffälligen weißen Kleinwagen der Marke Peugeot passiert hatte, ohne auch nur einen einzigen gesehen zu haben.

Offensichtlich hatten sich die Typen irgendwohin verzogen. Der Brunnen in diesem verdammten Vorort war jedenfalls so clean von braunem Müll wie Iggy Pop nach 20 Jahren Drogenentzug. Aus dem Recorder tönte die zweite SLIME-LP und er fragte sich ohne jegliche Reue, was Kralle, Nudel und Co jetzt wohl machen würden, während sein Wagen über die Landstraße nach Hause glitt, womit das kahle Einzimmer-Apartment gemeint war, das er seit wenigen Tagen bewohnte.

Er war alleine unterwegs und er hatte eine Mission. Vielleicht würde heute noch etwas Entscheidendes passieren, was die Erdoberfläche ein wenig zumindest von dem braunen Abschaum reinigen würde. Es lag auf alle Fälle etwas in der Luft.

»Einmal abspritzen bitte!«

Nudel genoß es, sich auf dem Fahrersitz zu lümmeln, den er sonst in Ermangelung einer Fahrerlaubnis nie ausprobieren durfte, und in aller Ruhe das reichlich mitgebrachte, erstaunlicherweise immer noch kühle Bier in die Kehle zu schütten, während er mit dem Fuß zu den Takten der ersten BAD BRAINS-LP wippte. Ein absoluter Klassiker.

Der Parkplatz unweit des AZs hatte ein ganz bestimmtes Flair, hier kam er sich immer wieder vor wie in Berlin zu den Hochzeiten der Hausbesetzerbewegung, als sie sich zu dritt für ein paar Wochen in Neukölln in einem besetzten Haus eingenistet hatten, dann aber kurz nach dem legendären SLIME-Konzert im SO 36, das von über fünfzig Skins mitten in Kreuzberg angegriffen worden war, wieder aus der Stadt verpißten.

Die wirklich guten Zeiten der Bewegung neigten sich im Sommer '82 endgültig ihrem Ende entgegen und auch Kralle, Spider und Nudel hatten nicht gerade viel dazu beigetragen, der Geschichte noch mal eine Wende zu verpassen.

Ganz im Gegenteil, sie hatten jede Menge Asozialitäten vom Stapel gelassen, dazu gehörte unter anderem das regelmäßige Scheißen in den Dachstuhl der O 3, weil ihnen der Weg zur nächsten funktionierenden Toilette in dem besetzten Haus schlicht und ergreifend zu weit war. Diese Aktion gehörte noch zu ihren harmloseren Heldentaten.

Die angrenzenden Ziegelsteinwände des AZ Hofs waren mit riesigen Graffiti verziert. Zwischen den geparkten Autos der Konzertbesucher, welche sich gerade in den Räumen des Crash, einer in dem großen besetzten Gebäude integrierten Kneipe, in der die beste Punkmucke diesseits der chinesischen Mauer lief, auf die eine oder andere Art und Weise, mehr oder weniger vergnügten, lagen angekokelte Balken und zwei geröstete Fahrzeugwracks. Vor drei Wochen hatten die noch eine prima Barrikade hergegeben, als die Hools des Karlsruher SC versucht hatten, den Laden zu stürmen.

Nudel hatte damals zufällig den ersten Angriff mitbekommen, als er zum Pissen in den Hof gegangen war. Nachdem die Faschos nach heftig brutaler Gegenwehr Hals über Kopf geflüchtet waren, hatte er davon abgesehen, sich an der üblichen nachfolgenden Straßenschlacht mit den Cops, die wie immer genau dann auftauchten, wenn die Nazis was aufs Maul bekommen hatten, zu beteiligen. Stattdessen war er über Schleichwege in eine benachbarte WG getorkelt, um dort weiter Party mit ein paar Bekannten aus Frankfurt zu feiern.

Nun genoß er das Alleinsein, nachdem sie vorhin wie die Ölsardinen in die Kiste gepreßt waren und Kralle permanent mit seiner kaputten Hand und der alten Straßenfeststory nervte, die sie damals nicht mitgekriegt hatten, weil sie zu der Zeit in »Schutzhaft« vor irgendwelchen Zuhältern saßen.

Komischerweise hatte es bis heute keine Anzeige gegeben. Nichtmal das kaputte Zellenklo mußten sie bezahlen. Na ja, was nicht ist, kann noch werden, wegen der angeblich von ihm zertrümmerten Ostereier im Freiburger Hauptbahnhof kam die Anzeige auch erst eineinhalb Jahre später ins Haus geflattert.

Nudel wollte gerade die ANGELIC UPSTARTS ins Tapedeck schieben, als sich von links eine Gestalt aus dem Schatten des AZ löste und genau auf ihren Wagen zusteuerte. Es war die Punkette aus Tübingen, die ihm schon bei den letzten beiden Konzerten aufgefallen war. Die feuerroten Haare hatte sie wie immer hochtoupiert, dazu steckte ihr hinterer Auslöser urgeschichtlicher Phantasien in einem waffenscheinpflichtigen Lederminirock, der unter dem Druck ihrer drallen Rundungen zu platzen drohte.

Die Netzstrümpfe wurden von den klassischen Strapsen gehalten, die Handgelenke durch zwei vierreihige Nietenarmbänder geschützt. Am Patronengurt, den sie als Gürtel um die Hüften trug, hingen als Special-Gag ein paar Handschellen. Abgerundet wurde das erfreuliche Gesamtbild durch rote Doc Martens 8-Loch ohne Stahlkappen und ein weißes GBH-T-Shirt mit abgerissenen Ärmeln, die neugierigen Blicken Teile ihrer Tätowierungen preisgaben.

Die Frau, die ihn ganz offensichtlich in der Dunkelheit nicht gesehen hatte, ließ sich genau neben der Fahrertür nieder und nahm, während sie den Rock hochschob, die typisch weibliche Hockstellung ein, um die warme Flüssigkeit, das Ergebnis einiger Biere, zwischen ihren Beinen zu entlassen. Er konnte sehen, daß sie kein Unterhöschen trug. Als sie sich auf seinen Wagen zubewegt hatte, hatte er instinktiv die Musik auf ein kaum mehr hörbares Level gedreht. Lautlos kurbelte Nudel nun die Scheibe herunter:

»He, soll ich dich festhalten, oder schaffst du es alleine?« Wie vom Blitz getroffen schnellte die Rothaarige nach oben.

»Hast du se noch alle? Mich so zu erschrecken!«

»Sorry, wollte ich nicht. Ich wollte mich nur bemerkbar machen, sonst hättest du vielleicht noch gedacht, daß ich ein Spanner bin.«

»Vielleicht bist du einer?«

»Wie kommst du denn darauf?«

»Würde dich das vielleicht nicht anmachen, mir beim Pissen zuzusehen?«

»Wer weiß? Wir können es ja auf einen Versuch ankommen lassen, Harharhar!«

Nudel verstand seinen Spruch eigentlich als einen kleinen Witz am Rande, aber auf gar keinen Fall als eine ernsthafte Frage, immer noch gebannt auf die sinneraubende Erscheinung starrend.

»Na gut, du darfst mir zuschauen, aber da ich dich nicht kenne, muß ich ein bißchen vorsichtig sein. Hab' keinen Bock, daß du plötzlich über mich herfällst. Vielleicht bist du ja ein total Perverser, deswegen fessele ich dich mit den Handschellen ans Lenkrad des Wagens. Dafür hast du sicher Verständnis?«

In diesem Moment dachte Nudel immer noch, daß diese megacoole Frau nur posen würde und erwiderte cool mit einem breiten Grinsen auf dem Gesicht:

»Hast du überhaupt einen Schlüssel für die Dinger?«

»Klar!« zog die Rothaarige mit einer eleganten Handbewegung einen kleinen Schlüsselbund, der verheißungsvoll im Mondlicht funkelte, aus dem Bund ihres Rockes. Oh Gott, das konnte doch nur ein Traum sein. Ausgerechnet ihm, der mit Frauen nie Glück hatte, sollte so etwas passieren. Die Story würde ihm keiner abnehmen. Warum nicht darauf eingehen? In ein paar Augenblicken würde er dieser Göttin beim Pissen zusehen dürfen. Beim bloßen Gedanken an dieses Naturereignis kochte Nudels Blut, und die heiße Brühe durchbrach die Schleusentore zu den Flutkammern seines Schwellkörpers, ohne den eingerosteten Scharnieren auch nur die geringste Chance eines halbwegs geregelten Eindringens der Flüssigkeitsmassen zu geben.

Den Bruchteil einer Sekunde, in dem ihm all diese Gedanken durch den Kopf schossen, hätte er sich sparen können, dort wo einst sein alkoholgetränktes Hirn saß, befand sich nur noch eine mit urgeschichtlichen Gasen gefüllte Hydrauliküberdruckkammer, um das Blut mit noch höherer Geschwindigkeit in die schon bis zum Anschlag gefüllten Kammern seines zwischen den Beinen liegenden Schwellkörpers zu pressen.

»Na gut! Aber du mußt mich auch wieder entfesseln!« versuchte er halbwegs seriös herauszupressen, obwohl ihm fast die Hose platzte und er vor Geilheit ein anderer Mensch war.

»Klaro! Aber mach die Scheibe hoch, damit du keinen Spritzer von der Pisse abbekommst.«

»OK!«

Wenn das alles war! Brav ließ sich Nudel die Handschellen, welche elegant durchs Lenkrad gezogen wurden, anlegen. Die Fesseln waren nicht zu eng, es war nicht mal unbequem. Er hatte ziemlich große Bewegungsfreiheit, konnte lediglich den Wagen nicht verlassen.

Die Rothaarige schlug die Tür zu und begann aufreizend langsam mit den Hüften zu wippen. Verdammte Scheiße, anscheinend hatte er das goldene Los gezogen und war an eine hochgradig exhibitionistische, etwas angetrunkene, zur Party aufgelegte junge Dame geraten.

Zunächst war es eine Art lockerer, offenbar aber gut eingeübter Tanz, den sie aufführte, dann preßte sie von tanzenden Bewegungen übergehend die Beine zusammen und tat spielerisch übertrieben so, als ob sie dringend auf die Toilette müßte, was auch konkret der Fall war.

Dazu knetete sie allerdings, was in solch einer Situation eher unüblich ist, ihre beiden prallen Träume pubertierender Dreizehnjähriger.

Sie schien Nudel völlig vergessen zu haben, ignorierte ihn und hatte offensichtlich ihren ganz privaten Spaß daran, als sie ihren Lederrock an der Seitenscheibe rieb. Der kleine Punk hatte mittlerweile Stielaugen, die das stabile Fenster fast durchdrückten und wie Saugnäpfe auf der fettigen Oberfläche des Glases klebten.

Sein Speichel sammelte sich in beängstigenden Mengen, und in seiner Hose pochte ein Schwellkörper, der von Flutkammern aufrecht gehalten wurde, die man bedenkenlos in Käpt'n Nemos legendäres U-Boot hätte einbauen können. Unendlich lange Zeit später, nach seinen Berechnungen mußten es Lichtjahre gewesen sein, raffte sie ihren Rock langsam hoch und voller Freude konnte er feststellen, daß sie, wie vorhin schon leicht aufgeblitzt, tatsächlich nicht das geringste Stückchen Unterwäsche trug. Nicht mal einen der gefürchteten Tangaslips, die mit der Schnur durch den Arsch, konnte er erspähen. Sie drückte ihren blanken, weißen, weichen Arsch unmittelbar an sein Fenster.

Zum Glück hatte er soviel Bewegungsfreiheit, daß es absolut kein Problem war, endlich den brutalen Hochsicherheitstrakt, dieses gnadenlose Gefängnis namens Hose, zu öffnen, um seinen mittlerweile das Wort »prall« neu definierenden Schwellkörper in die Hand zu nehmen. Leicht preßte er seine Faust um dieses biologische Rätsel, formte dadurch eine zum imitierten Original recht bescheidene Höhle und begann, in dem ihm bekannten Rhythmus, der sich seit Million… von Jahren bewährt hatte, auf und ab zu reiben. Eisern nahm er sich vor, sich so lange Zeit wie irgendwie möglich zu lassen, um dieses gewaltige Naturereignis unter Ausschaltung sämtlicher Gehirnströme genießen zu können.

Leider hatte Nudel nicht mit den Plänen der jungen Dame gerechnet, diese schwang sich behende, dynamisch, sportlich auf die Motorhaube und ließ sich auf den Knien mit dem Rücken zur Windschutzscheibe nieder.

Rasch war der Rock erneut hoch geschoben. Mit beiden Händen zog sic ihre etwas pummeligen Hinterbacken auseinander, so daß Nudel ein Anblick geboten wurde, der ihm ein dreifaches »Oh Gott, das darf doch nicht wahr sein« von den Lippen rang.

Ihm war klar, daß das goldene Dreieck mit dem dunkelrosafarbenen Zentrum, das sich da zwischen den weißen Oberschenkeln präsentierte, nicht nur von dem bald zu erwartenden warmen Schauer feucht war, sondern, daß die Dame auf der Kühlerhaube sichtlich Freude daran verspürte, ihn in die unergründlich finsteren Tiefen ihrer ansonsten gut geschützten und verborgenen Körperöffnungen blicken zu lassen.

Er mußte sich mit schier übermenschlicher Konzentration dazu zwingen, seine Hand langsamer zu bewegen, während das Mädchen sich umdrehte und sich breitbeinig in die Hocke setzte.

Mit der einen Hand hielt sie den Rock hoch, mit der anderen rieb sie sich die eine Wassermelone dagegen als trockene Pflaume wirken lassenden, beiden äußeren Wülste ihres Traums nicht nur pubertierender Dreizehnjähriger.

Ihren Kopf konnte er nicht sehen, aber er war ohnehin auf das behaarte, sich im Rhythmus des tropischen Regenwaldes bei einem starken Monsunregen bewegenden, weit offen liegenden Gebiet ungefähr 60 Zentimeter Luftlinie vor seinen Augen fixiert.

Selbst der ekelhafte Geruch des Wunderbaumes, den sie an der letzten Tankstelle geklaut und sogleich an den Rückspiegel gehängt hatten, konnte als störender Reiz nicht mehr in sein ehemaliges Gehirn eindringen.

Als, untermalt von einem asymmetrischen Zucken der weichen Schenkel, ein fingerdicker Strahl aus ihrer verheißungsvollen Spalte direkt in Richtung seines Mundes spritzte und nur dank bestem Materials von der Windschutzscheibe zurückgehalten werden konnte, gab es auch für ihn kein Halten mehr. Er hatte seit drei Tagen den Millionen … keinen freien Lauf gelassen, und das Ergebnis lag mehr als deutlich nicht nur auf seiner Hand, sondern auch auf der Innenseite der Windschutzscheibe, dem Tachometer, Kilometerzähler, der Tankuhr … kurz, dem gesamten Armaturenbrett, und dem Lenkrad verteilt.

Auch seine Hose und der Fußinnenraum waren nicht verschont geblieben.

Während er so für die Verschönerung der Innendekoration und eine leichte kaum merkbare Luftverbesserung gesorgt hatte, wurde auch der Druck des zunächst nicht enden wollenden warmen Schauers aus dem Venushügeltal gegenüber auf der Motorhaube weniger. Die letzten Tropfen fielen in die Belüftungsschlitze unter den Scheibenwischern und auf die Motorhaube.

Sichtlich erleichtert und entspannt sprang die Rothaarige von dem gelben Kombi, um den ebenfalls sehr gelösten Nudel, zumindest sprach der leicht debile Gesichtsausdruck dafür, nicht länger als unbedingt notwendig mit den Handschellen an das Lenkrad gefesselt zu lassen.

Die Überraschung war nicht schlecht, als beide feststellen mußten, daß sie vorhin, als sie die Tür zugeschlagen hatte, wahrscheinlich aus Gewohnheit den Verriegelungsknopf herunter gedrückt hatte. Somit war sie nicht in der Lage, die Tür von außen zu öffnen. Sämtliche andere Türen sowie der Kofferraum, der für gewöhnlich offen stand, waren ebenfalls verschlossen. Nudel kam von innen nicht an den Knopf ran. Er konnte sich drehen und wenden, wie er wollte. Drei Zentimeter vor dem heiß ersehnten Ziel ließen ihm die seit Milliarden Jahren geltenden Gesetze der Physik keine Chance. Selbst mit den Zähnen versuchte er, das verdammte Ding zu greifen. Außer einer mit Speichel versauten Autotür und einem knallroten Kopf brachte diese Anstrengung nichts ein.

Die Handschellen ließen ihm zwar genügend Spielraum, um im Bereich des Lenkrads und seiner Hosenöffnung frei agieren zu können, bis zum entscheidenden Knöpfchen, das der Schlüssel zur so heißgeliebten Freiheit war, reichte es allerdings nicht.

»Soll ich die Scheibe einschlagen?« tönte es von draußen, wobei die FIRE RED-Gefärbte Mühe hatte, ihr Lachen zu unterdrücken.

»Spinnst du! Wenn das Spider sieht, gibt's 'nen Riesenärger. Sollen wir etwa bei dem kalten Fahrtwind nach Hause fahren? Außerdem muß ich das Ding dann sicher auch noch zahlen.« Ratlose Stille.

»Ich warte lieber, bis die anderen zurückkommen«, antwortete Nudel tapfer und mit dem Oberkörper – so gut es irgendwie ging – die Flecken und Spritzer bestehend aus Millionen … verbergend.

»Na gut. Ich geh mal nach deinen Kumpels schauen, der eine ist doch der mit der CONFLICT-Lederjacke!« »Genau! Aber beeil dich! Ich muß nämlich pissen.«

Skinhead Sex

»Ich muß mal ganz dringend aufs Klo!« flüsterte Marlene Eddie zuckersüß ins Ohr und berührte dabei mit ihrer feuchten Zunge sein Ohr.

»Na und? Geh doch! Das Scheißhaus ist momentan frei, wenn ich mich nicht irre.«

»Blöde Sau!« zischte Marlene Eddie an, der ihr eindeutiges Angebot so schroff abgelehnt hatte.

»Dann mach ich's mir eben selbst« dachte sie bei sich und verschwand alleine mit ihrem feucht pochenden Etwas, das in letzter Zeit ziemlich vernachlässigt worden war, in der Abteiltoilette.

Eddie sah sich gelangweilt die Schrebergärten und Hinterhöfe der tristen Vorstadtlandschaft an, die sie auf dem Weg zum Hauptbahnhof durchquerten. Seine Eier waren leer und er kam sich ausgelaugt vor, was nicht alleine an dem hervorragenden Blowjob Anitas lag, den er mal wieder in vollen Zügen genossen hatte.

Eddie war der anerkannte, unumstrittene Anführer der Gang. Das lag zum einen an seiner schlagkräftigen Brutalität, zum anderen in der Radikalität begründet, mit der er konsequenterweise und ohne jeglichen Kompromiß das Leben eines Outsiders führte.

Diese Radikalität konnte er sich nur leisten, weil er finanziell unabhängig nicht gezwungen war, sich anzupassen und morgens um sechs, fünf oder vier aus den Federn zu kriechen, um den Tribut, den die Working-class nun schon seit ihrer Entstehung der reichen Oberschicht zollte, zu zollen.

Hätte er das Leben eines normalen Arbeiters, in der Fabrik oder aufm Bau für ein paar Mark zu schuften, eingeschlagen, wäre ihm als täglicher Lohnsklave schnell die notwendige Kraft abhanden gekommen, mit der er vehement seine Position in einer Welt voller Feinde verteidigte. Er fühlte sich, obwohl er nicht in die Arbeitswelt integriert war, als echtes und vollwertiges Mitglied der Working-class. Es wäre seiner Meinung nach ein Verrat gewesen, in diesem Schweinesystem, in dem die sogenannte Arbeiterklasse absolut keinen Stolz mehr besaß, die ihm zugewiesene Rolle auszufüllen und somit den Kapitalismus zu stützen.

Von den Roten ließ er sich allerdings, nur weil er auch den Kapitalismus haßte, noch lange nicht einspannen. Ihm war klar, daß diese Weltverbesserer in der heutigen Arbeiterklasse, die im eigentlichen Sinne gar keine Arbeiterklasse mehr war, sondern eine völlig verweichlichte Mittelschicht ohne Konturen, Geschichte, Bewußtsein und Ehre, nicht die geringste Spur einer Chance mit ihren phantastischen, schwachsinnigen Utopien hatten.

Die heutigen Gewerkschaften waren nichts weiter als übelster sozialdemokratischer Müll. Wer sich auf so einen Dreck einließ, hatte schon verloren. Die Gewerkschaftsbonzen waren lediglich die Handlanger der Unternehmer. Die jährlichen Pseudostreiks und abgekarteten Tarifkämpfe wurden von Jahr zu Jahr peinlicher und riefen in ihm lediglich ein Gähnen oder, wie im letzten Jahr, fast schon Mitleid hervor mit der immer deutlicher werdenden Machtlosigkeit dieser einst so stolzen Arbeiterorganisaitonen.

Politik war einfach scheiße. Sie war schließlich dafür verantwortlich, daß immer mehr Nigger und Kanaken ins Land strömten, daß die Blüte der deutschen Jugend von Rauschgift zersetzt wurde, daß immer mehr nationale Kameraden in die Kerker geworfen wurden und sich die Presse nach wie vor fest in der Hand des Weltjudentums befand.

Die Anbiederungsversuche rechter Gruppierungen gingen ihm ebenfalls auf die Nerven. Als irgendwann vor ein paar Monaten mal wieder ein NPD-Opa bei ihnen am Brunnen aufgelaufen war, um ihn und seine Crew zu ein paar Freibier auf eine Parteiveranstaltung einzuladen, schlug er ihm wortlos, ohne sich das übliche Gebrabbel anzuhören, eine Flasche auf den Kopf, so daß der kleine rundliche Mann mit der braunen Wollweste eine 15 Zentimeter lange Platzwunde verzeichnen konnte. Die Wunde war wirklich tief. Als er hineinsah, hatte er den Eindruck, am Rande des größten noch aktiven Vulkans dieser Erde zu stehen, den Blick gespannt auf den unendlich weit entfernten, kaum mehr sichtbaren Boden dieses Naturwunders gerichtet, in der bangen Erwartung verharrend, daß es gleich zu einer Eruption kommen würde, die mit ihrem reinigenden Feuer den gesamten Dreck und Abschaum dieser Erde hinwegbrennen würde.

Er wollte mit diesem Müll nichts zu tun haben, klinkte sich deswegen total aus dem System aus. Die rechten Parteien waren auch nur Poser mit ihrem schleimigen demokratischen Deckmäntelchen.

Er war dagegen so stolz, daß er nicht mal irgendeine staatliche Unterstützung, die ihm sicher in Form von Sozialhilfe oder Weiterbildungsprogrammen zugestanden hätte, in Anspruch nahm.

Irgendwo mußte die Kohle für das tägliche Essen und die Miete allerdings herkommen. Reiche Eltern hatte er auch keine. Seine Kameraden glaubten, daß er sich durch Einbrüche und

Raubüberfälle auf Ausländer über Wasser halten würde, die Wirklichkeit sah anders aus.

Auf seinen zahlreichen Reisen nach London zu Beginn seiner Skinheadkarriere hatte er schnell herausgefunden, womit viele englische Glatzen ihr Geld verdienten und was sie unabhängig machte, ohne für die jüdische Kapitalistenclique schuften zu müssen.

Nicht wenige der ultraharten Skins hielten in der Mittagspause oder am frühen Abend in den Parks oder auf den Scheißhäusern rund um den Trafalgar Square ihren Arsch für irgendwelche schlipstragenden, reichen Geschäftsleute hin. Die Bonzen fanden es anscheinend besonders erregend, nach Feierabend den biederen Familienvater zu spielen, ansonsten aber Sklaven des Systems zu sein und sich in ihrer spärlichen Freizeit von diesen fremdartigen Wesen, den Outsidern der Gesellschaft, gegen ein hart und ehrlich erarbeitetes, nicht gerade lächerliches, Entgelt einen blasen zu lassen oder in den weißen Arsch eines arischen Herrenmenschen Millionen … zu spritzen und diese gegebenenfalls auch wieder aus dem kräftigen, behaarten Spundloch der potentiellen Braunhemden herauslecken zu dürfen.

Nicht wenige der Schlipsträger ließen sich ganz gerne auch mal von zwei, drei Skins gleichzeitig von der Funktion der Flutkammern ihrer echt arischen Schwellkörper überzeugen. Es wurde ein Treffpunkt, meist eine schmuddelige Seitengasse, ausgemacht, das erhöhte für die klimaanlagenluftverseuchten Anzugsmenschen zusätzlich den Reiz.

Dort ging es dann richtig schnell und grob zur Sache. Harter Männersex und kein Kuschelrock war angesagt. Manche übertrieben es auch mit der Härte, womit der eine oder andere sadistisch veranlagte Skin keine Probleme hatte und ein königliches Gehalt gab's obendrein.

Durch diesen Umstand konnten einige besonders brutale Glatzen die Bonzen, die sie sowieso haßten, quälen und wurden für ihren Spaß auch noch bezahlt.

Harry, einer der englischen Skins, in dessen Sozialwohnung Eddie ab und zu untertauchte, nachdern er keinen Bock mehr hatte, in dem heruntergekommenen »Hotel«, in dem Ian Stuart und andere Sozialhilfeempfänger lebten, abzusteigen, hatte seinen Job zur Perfektion gebracht. Angefangen hatte er wie alle anderen kleinen Stricher am Leicester Square, hatte sich allerdings bald eine Stammkundschaft erarbeitet und sich auf das Gebiet Sado-Masochismus spezialisiert und zwar für die ganz harten Kaliber.

So wurde Eddie Zeuge der abartigsten Praktiken, die er sich in seiner unschuldigen Jugend nicht hätte träumen lassen. In der Gegend, in der er aufgewachsen war, sprach man hinter vorgehaltener Hand höchstens mal über Kuhficker. Aber das, was er hier in London erlebte, sprengte sämtliche Phantasien, die sich das perverseste Dreckschwein ausdenken konnte.

Eines Vormittags saß er mal wieder nach durchzechter Nacht mit dunklen Augenrändern und dem Strickpullimäßig zutätowierten Harry, es fehlten nur noch die Bündchen, in der kleinen Küche der Wohnung nahe Leicester Square.

»Heute kommt Dexter zu einem Termin, das ist ein besonders harter Fall. Du darfst dann auf gar keinen Fall in die Küche kommen …«

Die Küche der schäbigen Absteige diente, um es deutlich zu

sagen, nicht nur dazu, harmlose Marmeladentoasts zu schmieren, Baked Beans aufzuwärmen oder sich einen pisswarmen Strongbow-Cider aus dem nicht funktionierenden Kühlschrank zu holen, sondern in erster Linie als Betätigungsfeld eines ausgekochten Sadisten, was der Lust der Kundschaft offensichtlich nicht den geringsten Abbruch tat und somit den Ort, die Werkstatt, die Produktionsstätte, für den täglichen Broterwerb darstellte.

»... und ich will auf gar keinen Fall Musik hören, sonst gibt's was auf's Maul, klar? Dexter ist einer meiner wichtigsten Kunden«.

Harry hatte schon wieder den zugegebenermaßen ziemlich furchterregenden dicken Hals mit den elektrokabelstarken Adern und einer Röte, die die tintenblau tätowierte Schwalbe an der rechten Seite ziemlich blaß erscheinen ließ, als er seinem deutschen Gast den Befehl entgegen bellte.

»No problem« sagte Eddie und verzog sich, es war besser für seine Gesundheit, in das Nebenzimmer auf die karierte Matraze, um über Kopfhörer den Klängen der neusten NO REMORSE zu lauschen, die schon wieder einen anderen Bassisten hatten. Den vorletzten hatte Eddie zufällig erst vorgestern als obdachlosen Penner in Soho kennengelernt, wo er in eine Decke gewickelt hinter einer Plastikschüssel saß, in die ab und zu ein paar Pence flogen, welche am Abend in Strongbow-Cider umgesetzt wurden.

Als Dexter pünktlich um 14 Uhr klingelte, legte Eddie gerade BRUTAL ATTACK auf, deren »Return of St. George« neben SKREWDRIVERs »When the boat comes in«, zu deren Security Harry gerüchteweise mal gehört haben sollte, und dem wirklich genialen »White Working Class Man« der DIE HARDS zu seinen All-Time-Favorites zählte.

Nach zwei, drei Stücken trieb ihn die Neugierde ans Schlüsselloch, von wo aus er einen prima Überblick hatte.

Dexter, ein etwa 50 jähriger, weißhäutiger, leicht wabbeliger Bankier mit Pickeln am Arsch, war bereits splitterfasernackt bis auf die mit Strumpfhaltern befestigten schwarzen Socken, sowie den Gummiknebel im Mund und den Lederriemen an den auf dem Rücken gefesselten Händen.

Das Schauspiel, das er jetzt geboten bekam, ließ Eddie vor Grauen erstarren und verschärfte automatisch die Falten zwischen seinen Augen und in seinen Sta-Prest-Hosen um 100 Prozent, obwohl er wußte daß Dexter es genauso wollte und alles, was nun folgte, bis ins kleinste Detail abgesprochen war.

Harry nahm den alten verschrumpelten Hodensack Dexters, in dem sich, was auch aus der Entfernung deutlich zu erkennen war, zwei nicht mehr allzu aktive Produktionsstätten von Millionen … befanden, in die Finger, legte eine der runzeligen Hautfalten auf den hölzernen, mit Krümeln vom Frühstück übersäten Küchentisch und nagelte diese mit einem etwa zehn Zentimeter langen Zimmermannshammer und einem rostfreien Nagel auf die Tischplatte mit einer solchen Wucht, daß der Nagel mit einem einzigen Schlag auf der anderen Seite des Tisches hervor schoß.

Dexters Kopf war so rot, daß Eddie einen Moment glaubte, daß er in der nächsten Sekunde platzen und aus der zerborstenen Schädeldecke ein Wesen zum Vorschein kommen würde, mit dem einzigen Ziel, jegliches Leben auf diesem Planeten gnadenlos auszuradieren.

Die erbärmlichen Schreie des Opfers wurden durch den professionell angelegten Knebel erstickt. Er schien wirklich seine Freude daran zu haben. Die Schmerzen klangen anscheinend schnell ab, die Bemühungen, den Schmerz hinauszuschreien, und das Zucken des festgenagelten Körpers ließen merklich nach.

Allzuviel Blut war nicht geflossen, und Harry ließ Dexter gut zehn Minuten in der vollen Pracht seines Elends stehen. Er sollte was kriegen für sein Geld. Als dieser sich schließlich an seine Situation gewöhnt hatte, beugte Harry ihn nach vorne und verpaßte ihm mit einer unter der ranzigen Spüle hervorgezauberten riesigen Spritze einen Einlauf, der sich gewaschen hatte.

Die Brühe mußte der Festgenagelte danach in eine riesige blecherne Salatschüssel entleeren. Weitere zehn Minuten später bekam der winselnde Abteilungsleiter aus dem Kreditresort der Barcley's Bank aus der Brompton Road 155 im Londoner Südwesten seinen mit Speichel getränkten, zerbissenen, aus einer schwarzen Gummikugel bestehenden Knebel entfernt und durfte das bräunliche, körpertemperaturwarme, mit braunen Bröckchen durchsetzte Wasser bis zum letzten Tropfen aufschlürfen und die Salatschüssel ordentlich sauberlecken, so daß Harry bei der nächsten Sportschau-Session mit den Kameraden wieder die Kartoffelchips darin aufbewahren konnte.

Ziemlich beeindruckt legte sich Eddie auf die Matratze und lauschte wieder den Klängen der rassistischen BRUTAL ATTACK, so daß er nicht mitbekam, wie Harry seine 300 Pfund für diese Spezialsitzung in Empfang nahm und Dexter total entspannt mit frisch gepierctem Behälter für die Produktionsstätten von Millionen … die Wohnung verließ.

»Hast du den Tisch auch richtig abgewischt?« fragte Eddie am nächsten Morgen vorsichtig, als er sich beim Frühstück gerade das Nutella, welches er jedesmal extra aus Deutschland mitbrachte, obwohl es in England auch gekauft werden konnte, auf den warmen Toast schmierte. Heute benutzte er ausnahmsweise Unterbrettchen.

»Klar«, schmatzte Harry, »hier ist alles voll hygienisch. Neulich ist mir allerdings was Peinliches passiert. Du glaubst es nicht. Das war echt der Hammer. Ich hab' einen Kunden, der kommt auch nur höchstens einmal im Monat hierher. Der läßt sich in große Cellophanplanen einwickeln, bis er richtig fest eingeschnürt ist. Danach pißt und scheißt er sich total voll, meist nimmt er vorher ein extrem starkes Abführmittel. Ich muß dann von außen das ganze über seinen gesamten Körper verteilen, was eigentlich nicht schlimm ist, denn durch die Folie kommt nichts durch, und ich hab' zusätzlich Gummihandschuhe an.

So bleibt er etwa 'ne Stunde in seinem eigenen Dreck eingewickelt liegen, während ich gar nicht anwesend sein muß. Das gibt ihm den Kick, über und über mit seiner eigenen Scheiße und Pisse bedeckt da zu liegen und wehrlos vor sich hinzustinken. Danach muß ich ihn ins Bad tragen, auswickeln und abduschen.

Als ich ihn neulich also so schön ins Bad trage und abspritzen will, ich hatte den Stinker schon halb ausgepackt, drehe ich den Hahn auf und NICHTS!

Das mußt du dir mal vorstellen. War mal wieder das Wasserwerk da und hat den Haupthahn abgedreht, weil die Asozialen und Hippieschweine in diesem Scheißhaus ihre Rechnung seit Monaten nicht bezahlt hatten. Ich sag' dir eins, eines Tages werde ich ausflippen und die ganze Saubande aus dem Fenster schmeißen«, fluchte Harry mit dem dicken roten Kabelhals, auf dem sich eine friedliche tintenblaue Schwalbe bewegte.

»Na ja, aber was tun? Ich hatte ein echtes Problem. Mittlerweile hat es schon bestialisch gestunken und dem Typ wurde es auch langsam aber sicher unangenehm. Zum Glück war er geknebelt und konnte mir nicht die Ohren vollheulen.

Da es schon dunkel war, hab ich ihn einfach in diese alte Golftasche da in der Ecke gesteckt und oben noch die grüne Hundedecke, die kennst du doch, drumgewickelt und ihn runter in ein Taxi getragen. Was denkst du, wie der Taxifahrer geglotzt hat, als es plötzlich von hinten gestunken hat wie 'ne Sau. Zuerst wollte er uns rausschmeißen, aber als ich ihm klar gemacht hatte, daß er in dem Falle mit einem längeren Krankenschein zu rechnen hatte, fuhr er uns bis ans Ziel. Trinkgeld hab' ich ihm keins gegeben. Oben bei Hampstead Garden Suburb bin ich ausgestiegen. Dort hab ich den Stinker in einen Ententeich geschmissen; vorher hatte ich mir allerdings die Piepen aus dem Anzug genommen, den ich ihm in einer Plastiktüte mitgebracht hatte. Er ist seitdem nicht wieder aufgekreuzt. Ist aber wohl nicht mein Fehler, wenn das Scheiß-Wasserwerk hier einfach den Riegel vorschiebt, oder? Außerdem war mein neues Ben-Sherman-Hemd versaut. Alles Arschlöcher.«

»'Ne krasse Story! Hast du nicht Schiß, daß mal was Schlimmeres passiert?«

»Was soll schon passieren? Der Stinki ist zwar ein bißchen unangenehm, wenn kein Wasser da ist, aber das war eine Ausnahme, und bevor ich ihn in den Teich gerollt habe, hab' ich mit dem Teppichmesser die Folie aufgeschlitzt, so daß er sich locker befreien konnte. Da gibt es wesentlich gefährlichere Fälle.«

Harry, mit der tätowierten H.A.T.E auf der rechten Faust, erzählte weiter, während er einen tiefen Zug aus der Flasche Billig-Lager nahm.

»Ich hab' einen Kandidaten, der läßt sich immer fesseln, so richtig einpacken, dicke Seile um den ganzen Körper, so daß er sich unmöglich befreien kann, Knebel ins Maul, danach muß ich ihm eine Plastiktüte über den Kopf stülpen, diese mit einer Schnur um den Hals richtig fest zu binden und den Raum verlassen. Den Raum zu verlassen ist total wichtig, ich glaube, der Idiot merkt das richtig, wenn ich nicht rausgehe. Einmal bin ich drin geblieben, da hat er echt rumgegrunzt und mit den Beinen gewedelt, bis ich auch tatsächlich verschwunden bin. Er muß sich völlig alleingelassen fühlen. Der Typ hat dann Todesängste. Er kriegt schon nach kurzer Zeit absolut keine Luft mehr unter der Plastiktüte. Du weißt, daß Pol Pot auf diese Art und Weise Millionen gekillt hat? Ist voll umweltfreundlich. Du kannst mit einer Tüte Tausende umbringen. Richtig billig!

Meinem kleinen Perversen geht es jedenfalls voll ab, wenn er unter seiner Waitrose-Tüte kurz vorm Ersticken steht und mit hochrotem Kopf nach dem letzten Kubikmillimeter Sauerstoff ringt. Neulich hab ich allerdings etwas zu lange gewartet. Ich sitz so schön vorm Fernseher, Pokalendspiel, es steht ewig 0:0, hatte mir gerade ein Bierchen geöffnet und vergess' total diesen Arsch in der Küche. Nach 'ner viertel Stunde, es stand immer noch 0:0, fällt mir siedendheiß ein, daß da immer noch dieser Spinner mit der Tüte auf dem Kopp liegt. Ich also nichts wie rüber gerannt. Der war schon ganz blau und richtig ohnmächtig, ist dann aber noch mal fit geworden. Ich mußte nicht mal 'nen Arzt rufen und er hat noch 'nen fünfziger Trinkgeld extra gezahlt.«

»Was würdest du machen, wenn so einer mal abnibbelt?«

»Die Leiche beseitigen, was sonst? Ich bin doch nicht blöd! Wenn du die Bullen holst, gibt's nur Scherereien. Die glauben doch niemals, daß der sich hat freiwillig fesseln und die Tüte über'n Kopp stülpen lassen.«

Blöd war Harry ganz gewiß nicht, aber auf einen solchen Streß hatte Eddie null Bock. Das Risiko war ihm einfach zu groß. Außerdem hatte er keine Lust, daß sein gepflegtes Einzimmerapartment, in dem jeder beim Eintreten die Docs ausziehen mußte, damit der Teppichboden nicht dreckig wurde, und an dessen Wand neben dem BÖHSEN ONKELZ-Poster eine eingerahmte Farbkopie von Ian Stuart hing, in einem Bilderrahmen, in dem früher das Foto seiner Oma befestigt war, von irgendwelchen Perversen beschmutzt werden sollte.

Die harten Sachen waren sowieso nichts für ihn, zuviel Dreck. Klar, wenn mal einer verlangte, mit der Peitsche geschlagen zu werden, dann tat er ihm den Gefallen, meistens ließ er sich allerdings einfach den Schwanz lutschen, um ihn später in irgendwelche mehr oder weniger anonymen Arschlöcher zu stecken, die ihm dafür 100 bis 150 Mark zahlten. Gummis benutzte er auch immer, manchmal bei besonders großen Arschlöchern und auf Wunsch sogar welche mit Noppen.

»Ihr Fahrausweis ist allerdings nur in Verbindung mit dem Personalausweis gültig!« motzte der Schaffner Gerd, eine der jüngeren Babyglatzen, an.

»Was soll das heißen? Soll das heißen, daß du glaubst, daß mein Kamerad hier schwarz fahren will?« Überrascht und erschrocken drehte sich der Schaffner um und blickte zu Eddie auf, der sich breitbeinig vor ihm aufgebaut hatte und dessen Augen etwas von Adrenalinüberschwemmung und verdammt schlechten Alpträumen erzählten.

»Nein, ich mein doch nur, daß ...«

»Du willst also sagen, daß wir hier alle verdammte Nigger sind? Nigger? Nigger? Nigger?« Die Stimme hob an, wurde zu einem Schreien, die beiden Fäuste packten den Uniformkragen. Das letzte »Nigger« ging im Splittern des Nasenbeines unter, als Eddies Stirn wie Luzifers Hammer mitten im Gesicht des Bundesbahnangestellten einschlug.

Der Mann war sofort bewußtlos. Eddie schmiß den leblosen Körper wie einen nassen Sack zwischen zwei Sitzbänke.

Stiefeln lohnte sich nicht mehr, obwohl es einigen der Mitreisenden in den Stahlkappen der Gesundheitsschuhe juckte. Der Zug hielt genau in diesem Moment am Hauptbahnhof, so blieb es der jungen Familie aus der Vorstadt erspart, ihren Ehemann und Vater für die nächsten paar Wochen auf der Intensivstation aufsuchen zu müssen.

Hätte Eddie gewußt, daß Herbert Kramer, so hieß der Mann ohne Nasenbein, seinen Zivildienst als Entwicklungshelfer in Afrika verbracht hatte, wäre er vielleicht sogar extra noch eine Station weiter gefahren, um es ihm richtig zu besorgen. Er haßte neben den Roten, Kapitalisten, Juden und Niggern vor allem Entwicklungshelfer.

Entwicklungshelfer waren in seinen Augen der allerletzte Abschaum. Sie gingen nach Afrika und kümmerten sich dort um die Scheißbimbos, denen es nur so dreckig ging, weil dieses beschissene Weltwirtschaftssystem auf der Kolonialisierung und der totalen Ausbeutung der dritten Welt beruhte, die sich gerade durch die oberflächlichen Entwicklungshilfeprogramme immer mehr bei den Industrienationen verschuldete.

Ein paar dieser Naivlinge glaubten wohl tatsächlich, daß sie den Eingeborenen da unten etwas Gutes tun würden. In Wirklichkeit waren sie nichts weiter als eine der hinterhältigsten und gemeinsten Waffen in den Händen der Kapitalisten.

Dadurch, daß diese linken Weltverbesserer an den Arsch der Welt geschickt wurden, fehlte zugegebenermaßen auch noch ein gewisses, wenn auch seiner Meinung nach falsches, Protestpotential im eigenen Land.

Das System konnte durch den Wegfall dieser kritischen Samariter, die ihre Kräfte an der falschen Front vergeudeten, ungestört arbeiten und wurde zusätzlich dadurch gestützt, daß die sogenannten Entwicklungsländer durch diese gutmütigen Idioten immer mehr in die Fänge der Kapitalisten gerieten, da die unterstützten Staaten für die Scheißprogramme, die sie aufgedrückt bekamen, auch noch zahlen und sich mehr und mehr Kredite bei genau den Industrienationen, die ihnen »halfen«, nehmen mußten.

Zum anderen ermöglichten diese Hippies tatsächlich ganz konkret und vor Ort, daß die Nigger nicht wirklich wie die Fliegen, was die logische Konsequenz der brutalen über Leichen gehenden Weltwirtschaftsordnung wäre, abkratzen, sondern die Stärksten von ihnen sogar nach Europa flüchten, hier die weiße Rasse mit Drogen verseuchen, den Widerstandwillen brechen oder ehrlichen Arbeitern die Arbeitsplätze wegnehmen konnten.

Es waren nur noch ein paar hundert Meter bis zum Park, dem beliebten Schwulentreffpunkt direkt hinter dem Theater. Wortlos machten sie sich auf den Weg. Der eine oder andere hing mit seinen Gedanken noch den geilen Songs vom Konzert des Vortages nach, während sie sich unaufhaltsam dem Ziel näherten.

Bullenpogo

»So ein Blödsinn, schwachsinnige Personenkontrollen. Der Typ, der heute morgen die Bank überfallen hat, ist doch schon längst über alle Berge, oder würdest du das Geld noch stundenlang in der Nähe des Tatorts spazierenfahren?«

»Natürlich nicht, aber erstens gibt es immer irgendwelche Volltrottel und zweitens ist es hier draußen an der frischen Luft immer noch besser, als bei Stapenhorst im Büro zu sitzen, im Adler-Such-System beschissene Berichte zu schreiben und seinen Milde-Sorte-Zigarettengestank einzuatmen.«

Die beiden Beamten trugen kurzärmelige Hemden und genossen die letzten wärmenden Sonnenstrahlen dieses Spätsommertages. Es herrschte auf der Ausfallstraße sowieso kaum Verkehr an diesem Abend. Den Streifenwagen hatten sie als erfahrene Polizisten, so daß er von der Straße aus nicht zu sehen war, hinter einem alten Bauwagen abgestellt, an dem ein riesiges Schild angebracht war, das auf die direkt an der Straße liegenden Erdbeerfelder hinwies, auf denen man für ein paar Mark seine Früchte selbst pflücken konnte.

In überdimensionalen Lettern leuchtete Mitch, immer noch auf der Suche nach der faschistischen Gefahr, das Wort ERDBEERLAND entgegen, als er auf die B 42 einbog. Mit Faschos war heute wirklich nicht viel los. Er beschloß, zunächst nach Hause zu fahren und die Dunkelheit abzuwarten. Den Plan mit den Schießübungen hatte er wieder verworfen, da es ein überflüssiges Risiko darstellte; immerhin war die Waffe »sauber« und er konnte jederzeit offiziell einen Schießstand besuchen. Während er so durch die Gegend gurkte, mußte er an den Artikel eines kleinen Punk-Fanzines namens VOX VULGI denken, der über Langeweile handelte und in der Erkenntnis gipfelte: »Wenn ich sage, Langweiler sind langweilig, weil sie alles langweilig finden, auch die Langweiler, dann bin ich selbst ein Langweiler, der langweilig ist und Langeweile auslöst. Scheiße. Da ich aber kein Langweiler bin, empfinde ich die Situationen, die andere als langweilig empfinden, weil sie Langweiler sind, als kurzweilig, weil ich ein Kurzweiler bin. Das ist kein Witz! Ich find's meistens kurzweilig, wenn andere schon Langeweile spüren. Ich find's sogar kurzweilig, wenn mir am Abend 20 Leute sagen, wie langweilig es mal wieder ist.«

Ihm war auf jeden Fall überhaupt nicht langweilig, er hatte ein Ziel: Nazis jagen!, und außerdem war Langeweile nur etwas für Dummköpfe oder Teenager.

Immer, wenn er an den Artikel zurückdachte, eine der besten, die er je in einen der zahlreichen kleinen Punkfanzines gelesen hatte, mußte er schmunzeln. Ein pfiffiges Kerlchen, der Verfasser, den er vom Sehen her kannte. Der Name wollte ihm einfach nicht mehr einfallen.

Er hatte ihn schon ewig nicht mehr gesehen und wenn, hatte der kleine Fanzinemacher ihn ständig mit HARDCORE, dem angeblich neuen Ding aus Amerika, zugedröhnt, das sozusagen die positive Fortführung der Punkbewegung darstellen sollte, mit all ihrer Power, aber dem Ausschalten der negativen Begleiterscheinung.

Immerhin hatten die Typen, die in dieser Richtung etwas unternähmen, ein Ziel und waren nicht mehr nur »dagegen«, sondern steckten eine ganze Menge Energie und Phantasie in ihre Sache. Das war ihm sympathisch. Er war allerdings überzeugt davon, daß das ganze Hardcore-Ding irgendwann von der Industrie aufgesaugt und verkauft werden würde, es war schlicht und ergreifend zu einfach, »Hardcore« zu werden und folglich auch leicht zu vermarkten. Er war mehr als skeptisch, obwohl ihm der Enthusiasmus der Pioniere gefiel. Vor allem dieser VOX VULGI-Herausgeber war an allen Fronten aktiv, machte das Fanzine, spielte in einer Band, organisierte Konzerte und war angeblich zur Zeit sogar dabei, ein Buch mit dem Titel »NEW YORK CITY HARDCORE« zu schreiben. Diese Typen hatten garantiert keine Langeweile, darin zumindest war er sich sicher.

»Halt mal die Kelle raus, da hinten kommt einer.«

»Meinst du, unser Mann gurkt ausgerechnet in diesem weißen Peugeot 205 durch die Gegend und hat das Geld von heute morgen noch auf dem Beifahrersitz liegen? Das wäre der dümmste Bankräuber aller Zeiten. Na ja, sitzt immerhin alleine in der Kiste, dann müssen wir wenigstens nur einen Ausweis kontrollieren.«

Mitch sah die beiden Cops bereits aus gut 400 Meter Entfernung. Im Hintergrund dudelte »Wir leben in einem Alptraum …« von SLIME, und er blieb so kühl, wie der Eisberg, der die Titanic auf dem Gewissen hatte.

Noch nie hatte er vor Gericht gestanden. Entweder hatten sie ihn gar nicht erwischt oder er konnte die Sachen stets vorher abbiegen, und heute fühlte er sich so sicher wie ein Lämmchen kurz nach Ostern in einem traditionell religiösen Land.

Den Führerschein und die Fahrzeugpapiere bereits in der Hand, hielt er ordnungsgemäß auf dem Seitenstreifen. Stadtmüller ging um den Wagen zu dem heruntergekurbelten Fenster und schaute dem jungen Mann mit dem lustigen blonden Strubbelkopp in der schwarzen Jacke ins Gesicht. »Die Papiere bitte.«

»Bitte!«

»Danke!«

Während Stadtmüller zum Streifenwagen ging, um die Daten zu kontrollieren und unterwegs gleich das Kennzeichen mit den Eintragungen im Fahrzeugschein verglich, schlenderte Hiela zum Wagen, um sich den Fahrer genauer anzusehen.

»Ach sieh mal an, wen haben wir denn da?«

»Wie bitte?« fragte Mitch ehrlich erstaunt und mit einem verdammt unguten Gefühl in der Magengegend.

»Dein Gesicht kenn ich doch, Freundchen! Du warst doch neulich auch auf dieser Antifa-Demo, wo zwei meiner Kollegen von euch verletzt wurden. Bist wohl auch so ein Steineschmeißer aus der zweiten Reihe, feige Drecksau, du linke Ratte, du. Los, steig aus!«

Schlagartig wurde Mitch klar, was dieser Bulle meinte, aber das, was ihn schließlich erwartete, hätte er in seinen kühnsten Alpträumen nicht zu träumen gewagt.

Vor etwa vier Monaten war er in einem kleinen Weindorf in der Pfalz an der Blockade eines Nazitreffens, eines sogenannten nationalen Grillfestes, beteiligt gewesen, an der fast ausschließlich Hippies teilgenommen hatten. Es waren kaum Militante anwesend, nur Friedensschnullis in Birkenstocks, die im Ernstfall wahrscheinlich sogar die eigenen Leute an die Bullen ausliefern würden und mit schwachsinnigen Phrasen wie »Ey, leg den Stein wieder hin, du Macker« nervten.

Es war also kurz gesagt total friedlich und stinklangweilig, sowie effektlos, denn die Nazis, die immer wieder vereinzelt ankamen, marschierten unbehelligt durch den Pulk der Gegendemonstranten. Unter ihnen auch einige Polizeibeamte in zivil, die rein privat das Treffen besuchten. Die Gegendemonstranten waren alle, auch Mitch, wie sich jetzt eindeutig zum Nachteil herausstellte, unvermummt gewesen, im Gegensatz zu den Bullen der Spezialeinheit mit ihren schwarzen Gesichtsmasken, die irgendwann, weil angeblich in einer Seitenstraße ein Auto demoliert worden war, den gesamten Vorplatz mit äußerster Brutalität abräumten.

Anscheinend hatte man die Schläger in Uniform vorher so richtig schön heiß gemacht und bereits eine Woche vorher in eine Kaserne gesperrt, um sie genau zum richtigen Zeitpunkt aus dem Käfig zu lassen. Als unter den gezielten Hieben der Tonfas die ersten Knochen brachen und die kleine Hippiefrau mit dem Antifa-T-Shirt in ihrem eigenen Blut auf der Erde lag, konnte man bei diesem Polizeieinsatz garantiert nicht von fehlender Motivation sprechen. In der Kopfhaut der Kleinen befand sich ein gut zehn Zentimeter langer klaffender Riß, der den Blick auf die Schädeldecke freigab.

Er hatte den Eindruck, am Rande des größten noch aktiven Vulkans dieser Erde zu stehen, den Blick gespannt auf den unendlich weit entfernten kaum mehr sichtbaren Boden dieses Naturwunders gerichtet, in der bangen …

Fasziniert in dieses Bild vertieft, nahm er kaum wahr, wie er in Sekundenbruchteilen von einer Fünfer-Bullenkette niedergewalzt wurde.

Während er zusammengekauert auf dem Boden lag, konnte er aus dem Augenwinkel sehen, wie die Spezialschuhe der Cops gezielt die Schienbeine der dicht zusammengedrängten Hippies zertrümmerten. Erstaunlicherweise war er so gut wie unverletzt geblieben. Das tägliche Kampfsporttraining schien also doch was zu bringen, zumindest hatte er gelernt, sich abzurollen.

Auf einen Gegenangriff, der laut Lehrbuch normalerweise automatisch folgen sollte, wollte er allerdings verzichten. Er hatte keine Lust, den Rest des Monats im Krankenhaus zu verbringen und danach im Knast zu landen.

Als er sich vorsichtig in die andere Richtung drehte, konnte er erkennen, daß hinter ihm keine weitere Bullenkette folgte.

Er lag außerhalb der Kessels, der nun verdammt eng zugezogen war, wodurch die Hippies an eine Mauer gequetscht wurden. Gerade als er aufstehen wollte, um sich, die günstige Situation nutzend, aus dem Staub zu machen, wurde er von hinten am Kragen gepackt und von einem riesigen Cop ohne Kampfuniform, dafür im eng anliegenden Kurzarmhemd, das einen guten Blick auf die Unterarmnässe des Beamten freigab, an eine Fachwerkhauswand geschmissen.

Der Kerl drückte ihm mit aller Kraft den Ellenbogen in den Kehlkopf und schob ihn langsam die Wand hoch, so daß seine Luftröhre so dicht war wie der Elbtunnel bei Wochenendreiseverkehr und gleichzeitigem Sommerferienanfang in Skandinavien.

Sein Kopf wurde langsam rot, aber der Kopf seines Gegenübers war wesentlich roter und das, obwohl Mitch vermutete, daß die Flutkammern des Schwellkörpers seines Mißhandlers auf alle Fälle ebenfalls gut mit dem Saft des Lebens gefüllt waren, da ihm diese Art des polizeilichen Dienstes ein besonderes erotisches Vergnügen zu bereiten schien. Nach unendlichen, immer länger werdenden Sekunden schließlich wurde er von irgendwelchen anderen Grünuniformierten aus seiner mit immer dünner werdender Luft gefüllten Lage befreit.

Anscheinend aufgrund seiner etwas schwer zu erklärenden Würgemale am Hals oder weil er wie immer nett und friedliebend aussah, als könnte er keiner Fliege etwas zuleide tun, durfte er den Platz dieser demokratischen, politischen Auseinandersetzung verlassen, ohne weiter belangt zu werden. Nicht mal die Personalien mußte er angeben, während der Rest der Demonstranten vollzählig einkassiert und in Knäste über das gesamte Bundesland verteilt wurde.

Den Bullen, der ihm nun gegenüberstand, erkannte er allerdings nicht. Es war auf gar keinen Fall der Verrückte, der ihn damals gewürgt hatte, vielleicht einer der Vermummten, aber warum diese Aggressivität?

Es gab damals kaum Gegenwehr, und er hatte sich später gewundert, wie es zu den zwei verletzten Cops aus den Presseberichten gekommen sein sollte.

Wahrscheinlich hatten sie sich gegenseitig beim Zuschlagen getroffen oder waren beim Zutreten ausgerutscht und umgeknickt. Es flog kein einziger Stein, er hatte jedenfalls keinen gesehen, und er konnte sich auch nicht vorstellen, daß irgendeiner der Hippies Gegenwehr geleistet hatte.

Ein Blick in die adrenalinüberschwemmten Augen des Wachtmeisters machte ihm allerdings schnell klar, daß dieser Bulle keine Lust auf Diskussionen hatte und ihm die Realität am Arsch vorbei ging. Der Schnauzbart war nur an seinem ganz privaten Film interessiert. Mitch hing am Kanthaken wie der Weiße Hai zum Ende des ersten Teils, mit dem Unterschied, daß er sich nicht wie ein Raubtier, sondern wie ein paralysiertes, unter Drogen stehendes Schlachtvieh vorkam.

Das mulmige Gefühl im Magen wurde nicht gerade geringer,

als er die Wagentür öffnete und seine hellblauen Converse auf den Schotter setze.

»Los raus hier!« brüllte ihn Hiela mit blutunterlaufenen Augen an. »Jetzt bis du ganz klein, du Schwein. Was? Unsere Frauen schlagen, du Wixer. Los umdrehen. Hände aufs Wagendach und Beine breit!«

Die Luft brannte förmlich vor Aggression. Mitch wußte, daß er nicht den Hauch einer Chance hatte, machte nicht die geringsten Anstalten, irgendwie den Lauten zu markieren, und gehorchte so schnell wie möglich. Gewalt gegen Menschen war ihm sowieso zuwider und kostete jedesmal eine gehörige Portion Überwindung, die er im Nachhinein immer wieder bereute.

Auf der anderen Seite faszinierten ihn Organisationen wie die IRA und der ANC, die nur wegen ihrer entschlossenen Militanz und damit verbunden auch wegen ihrer Gewaltbereitschaft gegen Menschen ernstgenommen wurden. Zu beiden Organisationen hatte er während seinen Aufenthalten in Belfast und Südafrika zarte Kontakte geknüpft.

Mit der IRA hatte er das Problem, daß sich ein nicht geringer Sympathisantenkreis der eigentlich sozialistischen Freiheitskämpfer aus stumpfen Säufern und Hitlerfans zusammensetzte, was ihm das ganze sehr suspekt machte. So wurde er mehrmals bei seinem Aufenthalt in West Belfast in irgendwelchen Pubs mit einem freundlichen SIEG HEIL! begrüßt, nachdem seine schnapsnasigen Gegenüber ihn als Deutschen identifiziert hatten.

Er nahm das alles nach einer gewissen Eingewöhnungsphase nicht mehr allzu ernst und entschuldigte es damit, daß Hitler immerhin auch gegen die in Irland so verhaßten Engländer gekämpft hatte.

Entschuldigen ist eigentlich das falsche Wort. Er brachte zumindest Verständnis für die Meinung mancher Nordiren auf, in Anbetracht ihrer Situation und Bildungsstandes. Des weiteren war ihm klar, daß er zum inneren Zirkel der IRA niemals vorstoßen würde, denn diese Leute waren Vollprofis, welche ihr Handwerk in der angespannten Situation jahrhundertelanger Unterdrückung erlernt hatten. Nach ein paar Wochen Aufenthalt und einem langsamen Wärmerwerden mit der Mentalität der Menschen in dieser rauhen Umgebung, unter Zuhilfenahme von reichlich Guinness versteht sich, hatte er sich schließlich einigermaßen akklimatisiert. Für viele der Iren dagegen blieb er immer der Polittourist, der »Smelly« aus dem reichen, kapitalistischen Deutschland, wo die »Linke« nach Meinung vieler IRA-Aktivisten, zum Teil wohl auch aus Enttäuschung wegen fehlender Unterstützung in ihrem Jahrzehnte andauernden Kampf, aus einem Haufen Lutschern und Lutscherinnen bestand.

Gerade von Tom und seiner Clique akzeptiert, über die er durch ein paar Leute von der Antifa herangekommen war, machte er allerdings den entscheidenden Fehler, daß er am Samstagabend mit Toms 17-jähriger Schwester Mary auf dem Klo der Disco das biologische Wunder des Schwellkörpersystems ausprobierte und sich dabei von ihrem Cousin Robert erwischen ließ.

Er verschwand sofort aus Belfast und ließ Mary mit der Schande zurück, keine Jungfrau mehr zu sein, was sie im übrigen sowieso nicht mehr war. Er hatte übrigens ein Kondom benutzt. In ihrer Verwandtschaft kam niemals heraus, daß sie bereits ein Jahr zuvor mit Robert ein wirklich bewußtseinserweiterndes, biomechanisch-chemischspirituelles Erlebnis auf eben jener Toilette gehabt hatte und somit die Sache mit der Jungfernschaft Tee von gestern war. Wenigstens war Robert so aus dem Schneider.

»Was hast du zu mir gesagt? ›Scheiß Bulle!‹ hast du zu mir gesagt. Na warte, du linke Zecke, ohne Vermummung und ohne deine stinkenden Kumpels bist du plötzlich ganz klein, hä?«

Mitch stand weiterhin mucksmäuschenstill, breitbeinig, die Hände durch den Angstschweiß an die Zierleiste der Dachumrandung geklebt, an seinem Wagen, als der Choleriker in der grünen Uniform mit beiden Händen seinen Gummiknüppel umfaßte und mit einer gekonnt schwungvollen Drehung, sein ganzes Körpergewicht einsetzend, einen vernichtenden Schlag auf die bis zu diesem Zeitpunkt noch fröhlich vor sich hinarbeitende Niere herabsausen ließ.

Mitch kippte wie ein fachmännisch gesprengter Strommast unter einem ächzenden Krachen zur Seite. Daß er im Fallen eine halbe Drehung vollführte, war nicht von großem Vorteil, denn es gab da keine Hochspannungsleitungen, die ihn eventuell in der Senkrechten halten konnten. Die Spitze des Polizeihalbschuhs traf durch diese unglückliche Drehung genau in die ansonsten kaum beanspruchte Leber.

Der Schmerz war unerträglich und beförderte ihn in eine Region, die irgendwo im letzten Winkel eines indischen Tempels liegen mußte, ein Tempel in dem man ganz fest an die Wiedergeburt glaubte.

Die nachfolgenden Tritte mit dem genagelten Absatz auf die linke Gesichtshälfte kamen ihm fast schon wie Streicheleinheiten einer jungfräulichen Priesterin vor, obwohl sein Kopf mit jedem Treffer tiefer in ein weiches Kissen namens Schotterfläche zu versinken schien.

»Was machen Sie denn da? Lassen Sie den jungen Mann in Ruhe!« sagte die ältere, nicht unbedingt als das, was man dezent bezeichnet, geschminkte Dame mit der für die Jahreszeit ungewöhnlich gewählten Pelzstola, die sofort ihren Mercedes gestoppt hatte und ausgestiegen war, als sie diese unglaublich brutale Szene, wie ein Polizist einem wehrlos am Boden liegenden Mann den Schädel einzustampfen schien, im Vorbeifahren gesehen hatte. Die Premierenvorstellung von Aida würde zwar nicht auf sie warten, aber schließlich leben wir in einer menschlichen Demokratie und laut Weizsäcker sollen aufrechte Bürger nicht wegschauen, sondern eingreifen, wenn sie Zeugen von brutalen Szenen der Gewalt dieses Ausmaßes werden.

»Kein Wunder, daß der soziale Sprengstoff immer größer wird«, dachte die Dame, als sie das unglaubliche Geschehen sah.

»Halt's Maul du Fotze!« schnauzte sie der knallrote, im Blutrausch total abgedrehte Hiela an und holte mit dem Gummiknüppel aus. Fast wäre Frau Schneider der FDP-Ausweis aus dem Kostüm gerutscht, das sie erst am Nachmittag von ihrer Haushälterin aus der Reinigung hatte abholen lassen.

»Bist du wahnsinnig geworden?« griff Stadtmüller, der gerade vom Streifenwagen zurückkam, in den kaum zu bändigenden, von einem Killerinstinkt gesteuerten Arm der Bestie, die noch vor wenigen Minuten sein ansonsten umgänglicher freundlich zuvorkommender Kollege Hiela war.

»Mach mal halblang, Klaus!« Und zu Frau Schneider gewandt: »Sie fahren weiter. Das geht Sie überhaupt nichts an … außerdem stehen Sie im Halteverbot!«

»Zuerst möchte ich die Dienstnummern von Ihnen beiden.«

»Sie haben wohl zuviel Kriminalfilme gesehen. Wenn Sie in 30 Sekunden nicht verschwunden sind, gibt es 'ne Anzeige wegen Falschparkens.«

Nicht gerade weltfremd und sicher, daß das Gemetzel jetzt wenigstens ein Ende hatte, stieg die Frau einigermaßen beruhigt in ihren Wagen und fuhr los, notierte sich zur Sicherheit noch Mitchs Autonummer und nahm sich vor, sich irgendwie nach dem armen Jungen, der so aussah, als könne er keiner Fliege etwas zu Leide tun, zu erkundigen. Sie erkundigte sich nie nach ihm.

»Was ist denn hier los, du Spinner? Mit den Papieren ist alles in Ordnung, er hat sich noch nie was zuschulden kommen lassen. Warum schlägst du den Typen halb tot? Hast du nicht mehr alle Tassen im Schrank? Und dann noch direkt an der Straße, wo dich jeder sehen kann.«

Hiela war mittlerweile von seinem Gewalttrip halbwegs runter und hatte seinen Killerinstinkt erst mal in einen Nebenraum seines einfach aufgeteilten Großhirns geschickt. Völlig entlassen hatte er ihn jedoch nicht.

»Sorry, aber manchmal hab ich mich echt nicht mehr unter Kontrolle … und diese dreckige linke Ratte, der war auch bei dieser einen Demo neulich dabei, von der ich dir erzählt hatte. Ich bin mir fast ganz sicher!«

»Verdammte Scheiße! Jetzt müssen wir sehen, wie wir da rauskommen. Wir müssen ihn auf jeden Fall mit auf die Wache nehmen und biegen das Ding über 'ne Anzeige wegen Widerstand gegen die Staatsgewalt hin.«

Mitch bekam das alles nur noch im Halbnebel mit. Der Freizeitterrorist befand sich immer noch auf einer Reise durch das

Universum und verweilte ab und zu in fremden Welten und Kulturen, die noch nie ein Mensch zuvor gesehen hatte.

Er spuckte einen Backenzahn aus und blutete aus der zurückbleibenden Lücke im Kiefer extrem stark. Jeder Blutspendedienst hätte an diesem Auslaufpunkt liebend gerne eine Pipeline angeschlossen. Dagegen waren die Schürfwunden auf der linken Gesichtshälfte, garniert mit dem angenehm staubigen und nach Hundepisse stinkenden Straßendreck, noch ein Geschenk des berühmten Chefkoch Alessandro Di Fevola persönlich. Er war perfekter paniert als jedes Schnitzel aus der Biskinwerbung. Hätte er nicht ein total zugeschwollenes, lilablaues linkes Auge und die riesige Beule auf der linken Stirnseite, sowie den genagelten Absatzabdruck auf der Backe, seine Visage hätte ausgesehen wie ein volkstümliches Fleischgericht. So aber entsprang er eher dem Horrorsortiment einer schäbigen Provinzgeisterbahn.

Würde er am nächsten Morgen, was in seinem jetzigen Zustand ziemlich unwahrscheinlich war, mit diesem Gesicht wie jeden Tag an dem Kindergarten vorbeispazieren, indem die süße Kindergärtnerin jobbte, die er noch aus der Schule kannte, war ihm eine Festnahme wegen visueller Kinderschändung gewiß. Unabwendbar würde ihn der Volkszorn treffen und sein Kadaver aufgeknüpft zur Abschreckung die nächsten Tage an einem Baum hängen bleiben. Das gesunde Volksempfinden kannte mit Kinderschändern in diesen Tagen keine Gnade. Mit dem Mitch, den er vor der Verkehrskontrolle kannte, hatte die Hülle, die jetzt seinen deformierten Geist umhüllte, nicht mehr viel gemeinsam.

»Falls du mir den Rücksitz vollblutest, schick ich dir die Reinigungkosten, und außerdem geht's nachher auf der Wache noch mal richtig zur Sache« flüsterte ihm Hiela freundschaftlich ins Ohr, als er ihm die Handschellen anlegte und Stadtmüller gerade mit dem Zur-Seite-fahren von Mitchs Wagen beschäftigt war.

»Dort lernst du mich richtig kennen, linker Wichser!«

Die kurze Fahrt zum Revier nahm das panierte Schnitzel auf der Rückbank wie einen Zeitsprung ins nächste Jahrtausend und wieder zurück wahr, ohne daß allerdings irgendwelche entscheidenden Dinge passierten.

Aus dem Funkgerät quäkte eine Stimme. »Wir haben die Skins aus den Augen verloren, die Gruppe muß sich auf dem Weg in die Innenstadt befinden. Es sind auch ein paar Gestalten von dem Konzert gestern abend dabei.«

Im Normalfall hätte er diese Information in seine Jagdpläne einfließen lassen, in der jetzigen Situation gab er sich jedoch voll und ganz dem wunderbaren Gefühl des nachlassenden Schmerzes hin, welches sich mit für ihn völlig neuartigen, psychedelischen Erfahrungen koppelte.

»Na geht's wieder, mein Junge?« klopfte Stadtmüller Mitch väterlich auf die Schulter, als er ihn im Innenhof der Wache aus dem Wagen zog. Mitch antwortete mit keinem Wort.

»Ich bring' ihn runter in die Zelle!« sagte Hiela.

»Nein das mach' ich!« erwiderte Stadtmüller in barschem Ton.

»Geh du erst mal unter die Dusche und wechsel die Uniformhose, das ganze Bein ist voller Blutspritzer. Wie das wieder aussieht, als wärst du frisch aus dem Schlachthof entsprungen.«

»Was ist denn mit dem passiert?« fragte Stapenhorst, als Stadtmüller und Mitch den Vorraum auf dem Weg zur Zelle durchquerten.

»Nichts besonderes, hat ein bißchen rumgesponnen, der kleine Racker. Wahrscheinlich besoffen. Ich steck ihn noch 'n paar Stunden in die Ausnüchterungszelle, dann können wir ihn rauslassen. Mach schonmal die Anzeige wegen Beamtenbeleidigung und Widerstand gegen die Staatsgewalt fertig.«

Mitch hatte, seitdem er aus dem Wagen gestiegen war, nichts mehr gesagt. Auch als sie sich auf den Weg durch die neonlichtüberfluteten, linoleumbeglegten Flure begaben, blieb es still. Er reagierte mit keiner Silbe, als sich Stadtmüller noch einmal in freundlichem Ton an ihn wandte: »Tut mir leid, aber der junge Kollege ist etwas hitzköpfig. Vergiß es aber, 'ne Anzeige zu erstatten, damit kommst du eh nicht durch. Die Strafe, die du für die Beamtenbeleidigung und den Widerstand gegen die Staatsgewalt zu erwarten hast, wird nicht hoch sein. Vielleicht 1500 bis 2000 Mark. Zahl' das Geld, und die Sache wird vergessen.«

Er wußte trotz seines Ausflugs in die Vorgärten Nirvanas, von dem er erst ganz langsam wieder zurückkehrte, instinktiv, daß der Bulle verdammt recht hatte.

Angst hatte er keine, als er die steile Treppe hinuntergeführt wurde. Angst hatte er zum letzten Mal in Südafrika gespürt, als er in Soweto plötzlich von einer Gruppe Straßenkindern umringt war, deren Anführer von ihm verlangte, die Jeans auszuziehen.

Die verdammte Hose war eine stinknormale Levi's, nicht gerade zerfetzt, aber an manchen Stellen schon verdächtig dünn. Für die Kids vor ihm, die in diesem Millionenmoloch Soweto, der Vorstadt Johannesburgs, in der sich Menschen aus ganz Afrika in der Hoffnung auf eine bessere Zukunft durch den ANC und den allgegenwärtigen Nelson Mandela sammelten, eine neue Heimat gefunden hatten, bedeutete diese Jeans oder besser gesagt das, was man damit herausschlagen konnte, ein ganz beachtlicher Wochenverdienst.

Um ihm noch weiter zu verdeutlichen, in welcher Situation er sich befand, schob der schlaksige, etwa zwölfjährige Junge sein dreckiges T-Shirt hoch und zeigte auf die vernarbten Schußwunden auf seinem Bauch. Mit einem freundlichen Lächeln in den Augen, in der rechten Hand eine zu einer gefährlichen Waffe umfunktionierten Fahrradspeiche, hielt er die linke Hand auf. »Gib uns die Hose!«

Sie sahen mit geschultem Blick, daß bei dem Whitey außer der Hose nichts zu holen war, von daher fiel ihre Forderung von Anfang an realistisch gering aus. Hier waren Profis am Werk, die ihr Handwerk von der Pike auf gelernt hatten. Er war gerade dabei, den Gürtel zu öffnen, als Andreas um die Ecke kam, der ihn normalerweise wie seinen Augapfel hütete und ihn keine Sekunde aus seinem Blickfeld ließ, wenn sie in einer gefährlichen Gegend waren.

Andreas war so etwas wie Mitchs privater Reiseführer geworden, der hier in dieser Gegend die besten Verbindungen zu den verschiedensten Kreisen hatte und zudem bekannt war wie ein bunter Hund. Jeder, der sich seiner Obhut, gegen ein kleines Entgelt versteht sich, anvertraute, konnte davon ausgehen, daß ihm ganz sicher nichts passieren würde.

Die ganze Gang zog sich zwar widerwillig, aber mit einer gehörigen Portion Respekt zurück, als sie Andreas sahen, der zum Volk der Zulus zählte und keine großen Töne schwingen mußte, um ihnen klar zu machen, daß sie sich mit Mitch das falsche Opfer ausgewählt hatten, da dieser unter Andreas' persönlichem Schutz stand.

Trotz allem war Andreas die Situation peinlich, seine Berufsehre als Fremdenführer stand auf dem Spiel. Er hatte Mitch einen Moment zu lange aus den Augen gelassen.

Hätte der Coup mit der Hose geklappt, wäre die Stellung von Machimba Yombo, dem Anführer der Bande, ein weiteres Mal gefestigt gewesen; so zogen sie zum nächsten Bahnsteig der Vorortzüge und es war klar, daß es, falls ihm auch hier kein Beute gelingen sollte, in der nächsten Zeit innerhalb der Gruppe erneut zu Machtkämpfen kommen würde.

In Afrika passierte es somit zum ersten Mal, daß sich Mitch kurzzeitig die Präsenz der »humanen« deutschen Polizei wünschte, was er sich vorher nie hätte träumen lassen, denn er war ein überzeugter Anhänger der Forderung nach totaler und ersatzloser Abschaffung der Polizei. Das alles hier, vor allem die extrem hohe Kriminalität, war ihm 'ne Nummer zu hart und so zog es ihn nach knapp vier Wochen wieder zurück ins sichere Europa, wo es im Zweifelsfall immer noch eine ADAC-Notrufsäule gab, wenn man mal Schwierigkeiten hatte.

Seinen Traum, einmal mit einer AK 47 aus dem Besitz einer Rebellenarmee zu ballern, konnte er sich nicht mehr erfüllen, dazu fehlten ihm die Verbindungen und eindeutig die Nerven. Er war in den Augen vieler Mitglieder der sich aus einem jahrzehntelangen Kampf herausgebildeten Organisation nur ein verweichlichter Whitey von der nördlichen Welthalbkugel, also dem Teil der Erde, aus dem seit jeher die Unterdrücker kamen.

Knapp sechs Stunden später, es war Samstag nacht, stand Mitch, wieder halbwegs bei Sinnen und nicht mehr in der Ecke eines von Räucherstäbchen stinkenden Tempels, der in Vorgärten eines Landes namens Nirvana errichtet war, vor der Tür der Wache III und machte sich zu Fuß auf den Weg, um sein Schnitzelgesicht mit dem bemerkenswerten Quasimodoauge zu seinem etwa zwei Kilometer entfernt stehenden Auto zu bewegen. Obwohl sein ganzer Körper bei jedem Schritt schmerzte, als wäre er von einer Kolonne australischer LKWs überrollt worden, die ihn für einen dieser asozialen, westeuropäischen Rucksacktouristen gehalten hätten, erreichte er Spitzengeschwindigkeiten von bis zu fünf Kilometern pro Stunde.

Das Sitzen auf dem harten Autosessel erinnerte ihn schlagartig an die geprellte Niere in seiner Seite. Ihm wurde bewußt, daß er verdammt nah an der Realität war. Die weiträumigen, indischen Tempel und vielen bunten Farben verschwanden aus seinem Bewußtsein. Was sich seit gestern nachmittag abgespielt hatte, war kein Traum gewesen. Ein Blick in den Spiegel seiner heruntergeklappten Sonnenblende bestätigte diese nüchterne Feststellung. Beim Einlegen des ersten Ganges hatte er nur einen Gedanken: Dieses Unrecht mußte gerächt werden … noch heute. Oder um es unmißverständlicher auszudrücken: RACHE!

Trautes Heim, Glück allein

Dina, die die gesamte Hinfahrt, inklusive den kleinen Zwischenfall in der tiefbraun angehauchten Provinz, verpennt hatte, stieß überraschenderweise auf ihre beiden Freundinnen Debbie und Bine aus München, die sich um diese Jahreszeit für gewöhnlich in Berlin aufhielten.

Sie amüsierten sich mit dem Verarschen von ein paar notgeilen Typen, die sich anscheinend ernsthafte Chancen ausgerechnet hatten, bei ihr ans Ziel ihrer pubertären Jungendträume zu kommen.

Als der Kleine mit dem rotem Iro und dem VARUKERS-Schriftzug auf der Lederjacke unter dem Einfluß des stetig steigenden Alkoholpegels zudringlich wurde, schlug ihm Debbie kurzerhand eine leere Bierflasche auf den Kopf, so daß dieses Problem schnell aus der Welt geschafft war. Bine war dagegen irgendwann im Laufe des Abends mit einem Italiener, den sie noch vom DEAD KENNEDYS-Konzert in Stuttgart kannte und während des Gigs zufällig wieder getroffen hatte, nach oben verschwunden.

Irgend jemand hatte am frühen Abend die Räume einer Stadtteilbürgerinitiative aufgebrochen, welche sich im oberen Stockwerk des Gebäudes befanden. Neben den üblichen Verwüstungen, wie dem Feuerchen in dem zuvor noch voll funktionsfähigen Klavier und Zerstörungen aller Art, war dort ein reger Austausch von Körperflüssigkeiten in die Wege geleitet worden.

»Bist du nicht mit dem komischen Typen mit den langen schwarzen Spikes hier?« fragte die feuerrote Lady mit dem Lederminirock, dem GBH-T-Shirt und dem süffisanten Lächeln.

»Ja! Ist er wieder irgendwo eingepennt oder was?«

»Eher das Gegenteil. Auf jeden Fall braucht er die Autoschlüssel.«

»Hm, die hat Kralle oder Spider. Aber wir wollten sowieso gleich fahren. Laß uns die beiden Loser einsammeln.« Das Konzert war schon gut zwei Stunden zu Ende und hatte wie üblich gegen Mitternacht angefangen. Vor 10 Uhr brauchte man in dem Laden gar nicht erst aufzutauchen. Mitgekriegt hatten sie trotz allem kaum etwas von den drei Bands. Jeder hatte, wie Nudel, sein Vergnügen an anderer Stelle gesucht.

Die Rothaarige mit dem Ledermini und Dina gingen nach oben, sie wollten sich noch von Bine verabschieden. Daß sie dabei auch auf Kralle stießen, war keine große Überraschung, daß sie ihm aber einen ausgewachsenen Coitus Interruptus bescheren würde, war ein nicht unangenehmer Nebeneffekt.

Dina war mit Kralle jetzt zwar schon seit gut sechs Wochen nicht mehr zusammen, trotzdem fand sie es nicht gerade erregend, als sie die Tür aufstießen und dort direkt neben Bine und ihrem Italiener, Kralle über der Punkette aus Mailand hing, sich dabei angeregt in irgendeinem Kauderwelsch mit dem Typen, der in der gleichen Position mit Bine kopulierte, unterhielt, während er voller Enthusiasmus sein Gehirn von einem mit Flutkammern gut versorgten Schwellkörper zwischen seinen Beinen regieren ließ, mit dem Ziel, Millionen … so weit wie möglich in die wunderbar warmen Teile der feuchten Frucht dieser wunderhübschen Frau aus Italien zu entlassen.

Er liebte die Frauen. Aufrichtig. Oft lag er im Bett und rätselte über ihre wunderbaren Körper, die Unterschiede zwischen Mann und Frau und wie es wohl sein müsse, wenn man zwischen den Beinen keinen Schwellkörper sondern eine große Körperöffnung hatte.

Für ihn gab es nichts Erregenderes als die weibliche Brust. Sie mußten nicht hübsch sein, nicht groß, nicht klein, genau wie die Frauen selbst. Er stand auf keinen bestimmten Typ. Hauptsache Brust. Hauptsache Frau. Irgend etwas in seinen Genen trieb ihn dazu, ihnen so nah wie irgendwie möglich zu sein, und das war nun mal der Moment, wenn es ihm die randvollen Flutkammern seines Schwellkörpers ermöglichten, Millionen ... in das Innere dieser geheimnisvollen Wesen zu ergießen.

Kralle hatte normalerweise zwar null Probleme damit, im Beisein Dritter oder mehrerer anderer Personen dem unmißverständlichen Befehl seiner Hormone zu gehorchen und die Flutkammern seines Schwellkörpers brav zu öffnen, aber jetzt.

Er war wirklich gehemmt und das obwohl er ansonsten mit einem Selbstbewußtsein gesegnet war, das dem eines Mike Tyson in nichts nachstand. Eines seiner liebsten Statements war: »Ich bin meine eigene Droge«. Was er durchaus ernst meinte. Er fand sich rundum geil, in jeder Beziehung, er war der coolste Typ überhaupt und das würde sich auch nie ändern. Er war sich seiner Sache ganz sicher. Beim Gang durch irgendeine Fußgängerzone irgendeiner tristen Innenstadt reichte der flüchtige Blick in ein spiegelndes Schaufenster oder schlicht der Vergleich mit den armseligen Kreaturen, die sich neben ihm auf der Straße befanden, um dies zu bestätigen, aber jetzt? Momentan lagen im Raum verteilt einige Gestalten teils komatös, teils sexuell aktiv auf den relativ frischen Matratzen, die wohl für irgendwelche durchreisenden Hippieaktivisten bestimmt waren.

Als Dina dann dazu ihren Kopf in den Raum streckte, brach sein kompliziertes biomechanisches Schleusensystem zusammen, wie ein hauchdünner Weinschlauch zusammensackt, der soeben zum ersten Mal Bekanntschaft mit der scharfen Klinge eines Stiletts macht. Irgendwie war ihm die Situation aus Gründen, die ihm sein auf Minimalfunktion umgestelltes Gehirn zur Zeit nicht verraten konnte, unangenehm. »Ich komme!« knurrte Kralle. »Dann paß mal auf, wo du hinspritzt!« sagte Dina. »Haha, toller Witz« erwiderte Kralle, mit der Gewißheit, daß ihm heute das heißersehnte, biomechanisch-chemisch-spirituelle Erlebnis, welches ihn an die Grenzen neuer Bewußtseinssphären führen sollte, nicht vergönnt werden würde. Hastig zog er sich unter den belustigten Blicken der beiden Frauen, die an der Tür warteten und cool an ihren Kippen saugten, die Hose hoch.

Auch Gina aus Mailand, seiner Partnerin, war es sichtlich peinlich, obwohl ihr die Situation vorher ebenfalls nichts ausgemacht hatte, da die anderen im Raum genauso beschäftigt waren wie Kralle und sie.

Sie spürte allerdings sehr wohl die eiskalten Blicke von Dina, hinter denen sich ein sehr traditionelles Wort verbarg, welches es in so gut wie allen Sprachen, bis auf die der Eskimos und einiger weniger anderer, gab: Eifersucht. Na ja, voraussichtlich würde sie den Typen mit der kaputten Hand, die verdächtig nach Eiter roch, und die beiden coolen Raucherinen an der Tür sowieso nie wieder sehen, denn nach Freiburg kam sie sicher so schnell nicht zurück.

»Ciao Bine, wir sehen uns spätestens, wenn VARUKERS bei euch im AJZ spielen!« rief Dina, als die beiden mit Kralle im Schlepptau den Raum verließen.

Bine ließ sich weiterhin ungestört von dem Sturzbach ihrer Hormone hinwegspülen. Auch ihr italienischer Bekannter hatte mit dem Schleusensystem seines Schwellkörpers keinerlei Probleme, da er unter dem Einfluß des Geschmacks der manchmal etwas streng riechenden, aber durchaus wohlschmeckenden Körperflüssigkeit, welche sich im Laufe eines Milliarden Jahre dauernden Evolutionsprozesses entwickelt hatte und die optimalen chemischen und physikalischen Bedingungen eines Gleitmittels besaß ... schon längst den Raum, in dem sich normalerweise ein menschliches Gehirn befindet, in eine Hydraulikdruckkammer verwandelt, die dafür sorgte, daß dies auch so bleiben sollte.

Solange zumindest, bis der entscheidende Moment, auf den die beiden, die sich gerade vor vier Stunden getroffen hatten, gemeinsam so hart im Schweiße ihres Angesichts hinarbeiteten, in einem vollkommenen biomechanisch-chemisch-spirituellen Erlebnis gipfeln würde.

Unten im kleinen Café, in dem am besten Hippies angeschnorrt, Leergut geklaut und in volle Flaschen umgetauscht werden konnte, stießen sie auf Spider, der gerade beobachtete, wie sich auf der etwas höher gelegenen Tanzfläche Wolle, der bekannteste Punk aus Wien, mit einem Mantafahrer anlegte, einem der typischen Oberlippenbartträger, die sich ab und zu, wenn sie Lust auf eine Schlägerei hatten, ebenfalls in diese Höhle verirrten.

Meist suchten sich die Bodybuilding-gestählten, sonnenstudioverbrannten Stiefelettenträger zu diesem Zweck kleine, schmächtige, zugedröhnte Punks aus, um ihren Aggressionen ungefährdet freien Lauf lassen zu können, was dank des Zusammenhalts der hiesigen Szene und der Anwesenheit einiger übelster Klopper innerhalb der Bunthaarigenfraktion, die auf genau solche Prolls nur warteten, immer wieder in die Hose ging. Auch dieser cowboystiefeltragende Vokuhilagorilla würde sicher bald mit zerrissenem Hemd und eingedellter Fresse im Vorhof des AJZ liegen, denn Wolle war trotz seiner relativ unscheinbaren Statur ein Fighter vor dem Herrn. Ihm konnte man zehn mal aufs Maul hauen, er fiel einfach nicht um, er gab niemals auf, machte im Normalfall solange weiter, bis sein Gegner regungslos am Boden lag und sich zu seinem eigenen Vorteil tot stellte. Ein Pitbull mit ansonsten recht menschlichen Zügen, für den es keine Grenzen gab, was das Thema Brutalität betrifft.

Ein Wunder, daß er noch keinen gekillt hatte. Er trug immer mindestens ein Messer bei sich, welches Gott sei Dank meist nicht zum Einsatz kam, da er nur sehr selten soweit in die Enge getrieben wurde, daß er sich nicht mehr anders zu helfen wußte.

Spider hatte sich schon öfters die Frage gestellt, wie vielen Nazis und Discoprolls diese drahtige Kampfmaschine schon zu einem Genesungsurlaub unter ärztlicher Aufsicht verholfen haben dürfte. Es war sicher nicht mehr genau zu ermitteln. Wolle mit den über zwanzig tätowierten Frauennamen auf dem rechten Arm wußte es garantiert selbst nicht, aber eines war klar: Die Zahl war dreistellig.

Schade, daß er sich den heutigen Kampf nicht ansehen konnte, denn Wolle war gut drauf, das erkannte er an seinem Grinsen.

Dina, Kralle und die Rothaarige schleiften ihn trotz einiger Gegenwehr und den üblichen Diskussionen mit in Richtung ihres Wagens und das, obwohl er noch nicht mal seinen Cola-Whiskcy zu Ende getrunken hatte. Er verschenkte das Gesöff an Volker von VORKRIEGSJUGEND, einem der sympathischsten der ansonsten als arrogant verschrieenen Berliner, die er bisher getroffen hatte und welchen er bei seinem derzeitigen Alkoholpegel nur dank des »Scheiß auf Deutschland«-Tattoos auf dem linken Unterarm wiedererkannt hatte.

Auf dem Weg zum Auto erinnerte er sich an die Geschichte, die sie letzte Woche auf dem gleichen Weg erlebt hatten. Im frühen Morgengrauen hatten sie eine völlig abgedrehte, total aufgetakelte Tante kennengelernt, mit der Kralle spontan rumknutschte, nachdem sie ihn filmreif angemacht hatte.

Die Lady stellte sich als Cora vor und entpuppte sich bei näherem Anfassen als Transsexueller, Transvestit oder weiß der Teufel wie die Dinger heißen, welches am nächsten Tag die letzte, alles entscheidende Operation haben sollte. Dieser Umstand rief bei allen männlichen Anwesenden übelstes Zähnezusammenbeißen hervor, und durch was sollten sie erst ihr Gehirn ersetzen, wenn der Schwellkörper mit dem überaus komplizierten, biomechanischen System nicht mehr an seinem Platz sein würde? Dieser Mann oder dieses Etwas, mit den durch die Hormonbehandlung schon mächtig großen Träumen pubertierender Dreizehnjähriger, wollte sich seine ganz private Meisterleistung der Natur freiwillig amputieren lassen.

Kralle verschwand kurze Zeit später trotzdem mit Cora in einer Hauseinfahrt, wo er/sie ihm bewies, daß er/sie sich wirklich hervorragend mit dem männlichen Geschlechtsorgan auskannte und von klein auf damit experimentiert hatte, jedenfalls verstand er/sie es, daß Kralle die Glocken läuten hörte, wie selten zuvor, als Millionen … in die Kehle des in der Tat verdammt gründlich rasierten Wesens namens Cora spritzten.

Eine Geschichte, die man im Großen und Ganzen mit dem Wort ›bizarr‹ umreißen konnte. Der überraschende Anblick, der sie nun allerdings am Auto erwartete, war auch nicht von schlechten Eltern und sorgte dafür, daß alle wieder hellwach waren. Die vielen Biere und etlichen Schnäpse, die sie ihren Körpern zugeführt hatten, verloren schlagartig ihre Wirkung. Nudel war an manchen Tagen ein besserer Muntermacher als ein Tanklastzug voller Kaffee, und selbst eine hervorragende Leber wurde zu einem zweiten Blinddarm degradiert, da sie es trotz größter Anstrengungen niemals schaffen würde, das zu erreichen, was Nudel mit seinen unglaublichen Aktionen hin und wieder zu erreichen vermochte.

Mit dem erbarmungswürdigen Blick eines begossenen Pudels hing der vollwertige, menschliche Leberersatz namens Nudel mit Handschellen gefesselt hinterm Steuerrad von Spiders Auto. Nicht mal an das Bier auf dem Rücksitz war er herangekommen.

Die Krönung war allerdings das großflächig mittlerweile teilweise eingetrocknete Ergebnis einer längeren Evolutionsphase auf dem Armaturenbrett und der Windschutzscheibe. Keiner außer der jungen Dame mit dem Ledermini wußte, was sich hier genau für eine Szene abgespielt hatte und keiner würde es je erfahren. Sie legten auch keinen großen Wert darauf.

Nudel hatte wie sooft unfreiwillig für eine gute Lachnummer gesorgt, und das war die Hauptsache. Die Hintergründe interessierten niemanden.

Jeder konnte sich sein Teil denken. Der debile Gesichtsausdruck Nudels, der wieder neben Dina auf der Rückbank saß und das wissende Lächeln der Rothaarigen, die sich bei ihrer Abfahrt unspektakulär verabschiedet hatte, genügten vollkommen.

Wortlos, einen schalen Geschmack im Mund und die neue ABRASIVE WHEELS im Recorder, glitten die vier durch die oberrheinische Tiefebene. Die Autobahn war bei Sonnenaufgang leergefegt, und ihrem Ziel, dem eigenen Bett in ihrer echt duften Punker-WG in der Mühlenstraße, lag nichts mehr im Wege.

»He, Dina, was ist denn mit dir los?« fragte Nudel entsetzt.

Dina antwortete nicht, ihre Augen waren verdreht, nur noch die weißen Augäpfel zu erkennen, die Pupillen komplett verschwunden. Ihr Körper wurde von Krämpfen geschüttelt. Ihr Kopf schlug stakkatomäßig an die Fensterscheibe der Seitentür. Aus ihrem Mund quoll weißer Schaum, wie sie es vorher nur in irgendwelchen drittklassigen B-Movies gesehen hatten. Auf einen Schlag wurde ihnen klar, wie die Pfaffen im Mittelalter auf den Trichter gekommen waren, daß Menschen vom Satan besessen sein könnten und daraufhin solch unterhaltsame Sachen wie die Inquisition erfanden.

»Verdammte Scheiße!« war der einzige Kommentar, den Spider über die Lippen brachte, während er abwechselnd auf dieses außerirdische Wesen auf dem Rücksitz und nach vorne auf die Fahrbahn guckte.

»Halt da vorne an der Notrufsäule an!« befahl Kralle. Der Krankenwagen war außergewöhnlich schnell zur Stelle, der epileptische Anfall Dinas jedoch längst vorüber.

Kralle hielt ihr im Krankenwagen die Hand und erzählte, was passiert war, da sie nicht den blassesten Schimmer hatte, wie sie plötzlich in diesen mit piependen Instrumenten vollgestopften Wagen gekommen war. Als er mit ihr noch fest zusammen war, hatte sie schon einmal einen solchen Anfall gehabt, nachdem sie drei Tage durchgesoffen hatten.

»Keine Überanstrengungen« war damals der Tip des Arztes, was sie allerdings nicht davon abhielt, ihren bisherigen, im Grunde genommen auch nicht allzu ausschweifenden Lebensstil weiterzuführen. Bis zum heutigen Tag war diese Herausforderung an ihren Körper glimpflich verlaufen, nun befanden sie sich auf dem Weg ins nächste Krankenhaus. Nudel und Spider im Auto dahinter. Der zweistündige Aufenthalt in der Klinik irgendwo im badischen Land brachte die zu erwartende Entwarnung und die üblichen Ermahnungen.

Während Dina durchgecheckt wurde, lungerten die anderen ziemlich kaputt und abgerissen in gut gepflegten, hygienischen Krankenhausfluren und der Kantine herum, wo es Nudel gelang, zwei Six-Packs zu klauen, welche sie bis zur Ankunft in der heimatlichen Mühlenstraße 6 ohne Mithilfe Dinas geleert hatten.

Während Spider sich in die Wanne legte und mit einem letzten Grasjoint im Mund und einem alten JUDGE DREDD Comic zwischen den beschaumten Fingern vor sich hindämmerte, schlief Nudel bereits auf seiner Matratze.

In voller Montur, in Jacke und Docs, hier und da noch mit Spermaresten befleckt, träumte er von einem rothaarigen Mädchen mit Ledermini und ohne Unterwäsche. Im Schlaf begann sich eine dicke Beule zwischen seinen Beinen abzuzeichnen.

Mitchs Zimmer blieb verschlossen, denn er hatte vor ein paar Tagen seine letzten Sachen abgeholt, um sie in sein neues Wohnklo, eins dieser unsäglichen, beschissenen Einzimmerapartments, zu schleppen.

Kralle war mit Dina nach oben gegangen und hatte sie zu ihrem Bett gebracht. Sie war immer noch recht schwach auf den Beinen.

»Ich find's nett, wie du dich um mich gekümmert hast.« Ja, das fand Kralle auch, vielleicht gibt es ja doch so etwas wie wahre Liebe. Daß er Frauen allgemein liebte, war klar, sie faszinierten ihn einfach, und er war gerne ein Treibgut in den Stromschnellen seiner Hormone.

Er fühlte sich in diesem Moment zu Dina hingezogen wie schon lange nicht mehr zu einem weiblichen Wesen. Dies machte sich nicht nur emotional sondern auch körperlich bemerkbar.

Ihre Lippen berührten sich vorsichtig und zart. Langsam aber sicher begannen die gut eingespielten Mechanismen seines Flutkammersystems ineinander zu greifen und auch in Dinas goldenem Dreieck war eine erhöhte Ansammlung des Saftes, der über Leben und Tod entscheiden konnte und für die Abgabe diverser männlicher Gehirne verantwortlich war, zu verspüren.

Es war ein friedlicher früher Sonntagmorgen.

Birkenstock und Gummihandschuh

Die meisten der spärlich gestreuten Passanten machten einen großen Bogen um die zehnköpfige Gruppe, deren Glatzen gefährlich-brutal und unheilbringend im Mondlicht schimmerten und die sich zielstrebig Richtung Park bewegte. Hinterm Theater angekommen, zeugten lediglich ein paar anscheinend frisch benutzte Kondome davon, daß es hier einige Schwule mit dem Schlagwort Safer Sex ernster nahmen, als es den Faschos lieb war. Von ihrer Warte aus sollten diese perversen Drecksäue doch alle an AIDS krepieren.

Auch Eddie war der Meinung, obwohl dann eigentlich seine Berufsgrundlage verschwunden wäre. Allerdings wußte er auch ganz genau, daß die verkappten Homos, die eine Doppelexistenz führten und 95 Prozent seiner Kundschaft ausmachten, niemals aussterben würden, da sie mit der gefürchteten Krankheit extrem vorsichtig umgingen, um ihre Ehefrauen nicht zu infizieren. Sie hatten dabei weniger Angst vor ihrem eigenen, oder dem Tod ihrer Frau oder der Tatsache, daß ein paar flennende Bälger als Waisen zurück bleiben würden, sondern vielmehr davor, daß dadurch ihre Homosexualität in der Öffentlichkeit bekannt werden könnte. Verlogene Penner!

»Verdammt, wo treibt sich das Ungeziefer heute wieder rum«, preßte Eddie mit kaum zu unterdrückender Aggression hervor. Die Geschichte im Zug war nun schon eine Zeit her, hatte ihn aber auf den Geschmack gebracht, und wer weiß, vielleicht war einer der warmen Brüder sogar ein schwarzer, kommunistischer Entwicklungshelfer!

Ja, er haßte die Schwulen aus dem Park zutiefst. Diese dreckigen Homos betrieben ihr Geficke aus reinem Spaß an der Freude. Diese Schweine waren total perverser Abschaum, machten somit sein Geschäft als professioneller Stricher zwar nicht gerade kaputt, stellten aber doch eine gewisse Konkurrenz dar.

Alle starrten erwartungsvoll auf Eddie. »Wir gehen zu Armin und fahren von dort mit seinem VW Bus zum Autobahnparkplatz Goldsandquelle, dort sind immer ein paar Schwuchteln!«

»Ich nehm' aber nur neun Leute mit, die Kiste ist nicht für mehr zugelassen und ich hab schon gesoffen. Keinen Bock drauf, daß uns die Bullen wegen so 'nem Scheiß anhalten«, warf Armin schnell ein, in der Hoffnung, daß sein Protest genehmigt würde.

»Na gut, dann bleibt Anita eben hier«, verfügte Eddie und konnte so in der Öffentlichkeit mal wieder beweisen, daß ihm die geile Sau, hinter der die anderen wie der Teufel her waren, völlig am Arsch vorbei ging. Zudem bot sich heute garantiert keine Gelegenheit mehr, mit ihr Körperflüssigkeiten zu tauschen.

Anita war das auch recht. Sie verspürte nach dem Konzert gestern und der Geschichte vorhin im Zug absolut keine Lust mehr auf Gewalt, sondern hatte vielmehr einen langsam aber stetig steigenden Drang nach sexueller Befriedigung und wußte auch schon, wo sie sich diese an diesem Abend noch besorgen konnte.

Wortlos zogen die Skins los, während Anita sich auf den Weg ins Codex machte. Das Codex gehörte nicht gerade zu ihren Stammkneipen.

Aber in dem verrauchten Hippieladen verkehrten wenigstens ein paar Nachwuchspunks, die vor ihr einen gewissen Respekt hatten, weil sie wußten, daß sie seit einiger Zeit mit Eddie und dessen Clique rumhing. Vor zwei Jahren hatten die das Codex sogar mal plattgemacht, waren im nachfolgenden Prozeß allerdings alle frei gesprochen worden, da sich niemand getraut hatte, vor Gericht gegen einen der Angeklagten, darunter auch Eddie, konkrete Aussagen zu machen. Katja war garantiert im Codex zu finden. Katja war die Hippiegurke, mit der sie seit einem Jahr in eine Klasse ging und die ihr, um es dezent auszudrücken, sexuell hörig war. Schon wenige Wochen, nachdem Katja in ihre Klasse gekommen war, hatte sie von ihr heiße und ebenso kitschige mit Herzchen verzierte Liebesbriefe bekommen, in denen ihr Katja ihre ewige Liebe gestand und sie förmlich anflehte, ihre Freundin sein zu dürfen.

Wahrscheinlich dachte sie dabei an so etwas wie echte romantische Liebe, was für Anita ein nicht existenter Begriff war. Sie reduzierte Beziehungen auf die Vorteile, die sie daraus ziehen konnte, auf sexuelle Abenteuer und Experimente. Genau dafür war Katja wie geschaffen; ein paar Jahre jünger als sie und gerade erst aus Rußland übergesiedelt, war sie ein durch und durch naives Landei, ein bißchen unterbelichtet dazu.

Sie wußte nicht mal, was Anita mit ihren komischen Klamotten darstellen wollte. Perrys, Docs, Donkey Jackets ..., das alles hatte für sie keine Bedeutung, für sie zählte nur ihre aufrichtige Liebe zu Anita, in deren Händen sie nichts weiter als eine weiche Knetmasse war.

Anfangs hatte Anita die Briefe achtlos weggeworfen oder anderen Freundinnen gezeigt, um sich gemeinsam darüber lustig zu machen. Sie hatte Katja keines Blickes gewürdigt, dann wurde ihr aber klar, was für ein geiles Spielzeug da in ihre Hände gefallen war. Irgendwann traf sie sich mit ihr und begann systematisch zu erforschen, wie weit sie bei Katja mit ihrer Bereitschaft zur totalen Abhängigkeit gehen konnte.

Sie versuchte zunächst zwar eine gleichwertige Beziehung aufzubauen, weil sie aber nicht wußte, wie sie am besten anfangen sollte, machte sie das drei Jahre jüngere Mädchen mit der Zeit mehr und mehr zu ihrer ganz persönlichen Sklavin.

Zu ihrem Erstaunen schien Katja diese Rolle zu gefallen. Zumindest machte sie alles mit in der Hoffnung, Anita nicht zu verlieren oder schlicht und ergreifend nur, um in ihrer Nähe sein zu dürfen.

Als sie sich zum erstenmal geküßt hatten, war für Katja alles klar. Für sie gab es keine Grenzen mehr in ihrer Hingabe. Sie liebte es, Anitas Brüste zu lecken und all das zu tun, was sie bisher nur von den BRAVO-Aufklärungsseiten und der Foto-Love-Story kannte. Als sie zum ersten Mal mit ihrem überaus lebendigen Geschmacksmuskel in das goldene Dreieck zwischen Anitas schneeweißen Schenkeln eintauchen durfte, nachdem sie zunächst eine halbe Stunde damit beschäftigt war, die Schamlippen ihrer über alles geliebten Freundin auf dreifache Größe anschwellen zu lassen, hatte sie ein biomechanisch-chemisch-spirituelles Erlebnis der Extraklasse und rieb ihr Lustgärtchen automatisch an der Matratzenkante, wenn sie abends vor dem Einschlafen daran zurück dachte. So konnte sie wenigstens einen Bruchteil von dem wiederholen, was sie damals erlebt hatte.

Später gehörte das Lecken von Anitas feuchtem Geheimnis zu ihren Pflichtübungen. Wenn sie in der Stadt unterwegs waren und Antia wieder spürte, daß sie nur ein Spielball im Ozean ihrer Hormone war, war es ganz normal, daß sie in den nahen Park gingen oder schnell auf einer öffentlichen Toilette verschwanden, wo Katja von dem berauschenden Nektar naschen durfte.

Manchmal befahl ihr Anita, sie schlicht und ergreifend sauber zu lecken, nachdem sie gerade einen dicken Strahl Flüssigkeit durch ihre Schamlippen gepreßt hatte und ließ sich dabei in der Regel auch gleich ihre zweite Körperöffnung zwischen den Beinen verwöhnen. Wenn ihre Freundin besonders gut gelaunt war, gab es hin und wieder einen goldenen Schauer genau in den Mund. Bedingung war allerdings, daß sie wirklich keinen Tropfen verschwendete und alles schluckte. Wenn es sich dabei um reine Bierpisse handelte, war es OK, im anderen Fall war es Katja manchmal etwas zu salzig, so daß sie sich trotz aller Geilheit regelrecht überwinden mußte.

Die Phantasie im Bezug auf sexuelle Experimente kannte bei dem Skinheadgirl keine Grenzen.

Bei einem von Katjas zahlreichen Besuchen bei Anita zu Hause hatte sie sich vor deren Augen eine Kerze zunächst in ihr süßes Geheimnis schieben müssen, um herauszufinden, wie tief diese darin verschwinden würde.

Später mußte sie die Kerze ablecken und den gleichen Test mit ihrem anderen etwas engeren geheimen Platz absolvieren, während ihr Anita einen goldenen Schauer genehmigte, der sie an die Grenzen ihrer Aufnahmekapazität führte.

Was sie heute allerdings noch erleben würde, konnte sie noch nicht ahnen, als sie das kleine Renee mit einem freudigen »Hallo, was machst du denn hier?« begrüßte.

»Ich hatte Langeweile« blieb diese wie immer äußerst cool und verzog keine Miene. In Wirklichkeit hatte sie das Kommende in ihrer schmutzigen Phantasie schon ein paar mal durchgespielt und dabei auch das eine oder andere biomechanisch-chemisch-spirituelle Erlebnis der nicht zu verachtenden Extraklasse gehabt.

»Weißt du, was Manuel, der Baske aus unserer Parallelklasse, heute morgen auf dem Schulhof zu mir gesagt hat?« versuchte die junge Aussiedlerin ein Gespräch anzufangen. »Der hat zu mir gesagt, daß es mal wieder Zeit wird, daß die Russen nach Deutschland kommen, um aufzuräumen. Das deutsche Volk bräuchte alle 30 bis 50 Jahre jemanden wie Stalin, der die ganzen Schweine ausrottet. Der nächste, der die Deutschen besiegt, müsse aber viel gründlicher als Stalin vorgehen, weil die Sieger beim letzten mal viel zu lasch vorgegangen wären.«

»Ach, das ist ja interessant. Aber was willst du von diesen dreckigen baskischen Terroristen schon anderes erwarten als einen solchen Schwachsinn? Der kann froh sein, daß ihn die Guardia Civil noch nicht abgeknallt hat. Soll er doch zurückgehen in sein Scheiß-Baskenland, da wo er hingehört. Wenn wir erst mal an der Macht sind, werden diese linken Schweine sowieso alle zu Katzenfutter verarbeitet.« »Zu Katzenfutter?« »Klar zu Katzenfutter! Oder hast du schon mal Filmaufnahmen aus einer Katzenfutterfabrik gesehen? Na siehst du! Katzenfutterfabriken sind schon heute die bestgesicherten Fabriken in diesem Land. Da muß man nicht mal groß umbauen, das läuft dann alles so weiter wie bisher. Die Bevölkerung muß ja nicht unbedingt direkt mitkriegen, was nach unserer Machtübernahme alles im Katzenfutter drin ist. Damit haben wir zwei Fliegen mit einer Klappe geschlagen. Zum einen sind die Linken umweltfreundlich entsorgt, zum anderen müssen wir keine Fleischabfälle von den Scheiß-Engländern für unser gutes deutsches Katzenfutter importieren. Dann sind wir voll national autonom und die Qualität des Katzenfutters steigt auch, weil es sich dabei um ein Produkt aus deutschen Landen handelt.«

»Aber Manuel ist doch gar kein Produkt aus deutschen Landen, der ist doch Baske.«

»Der wird dann halt als Billig-Katzenfutter ins Baskenland exportiert, das merken die dort unten doch gar nicht«, erläuterte das Mädchen mit dem spanischen Paß eine Theorie, die Armin, einer der schlaueren Köpfe der Nazi-Skins, entwickelt hatte und beendete somit den intellektuellen Teil des Abends.

Die zwei saßen eine Zeitlang wie immer gelangweilt am Tresen, tranken gemeinsam eine Cola, weil sie beide wie immer abgebrannt waren und beobachteten ebenfalls wie immer, ohne ein Wort zu verlieren, die Loser am Kicker, die nichts besseres zu tun hatten, als mit Hilfe irgendwelcher Eisenstangen, an denen lächerliche Holzfiguren befestigt waren, einen harten Ball in ein Loch zu bugsieren und sich währenddessen mit Alkohol und Nikotin zu vergiften.

»Gehst du mal kurz mit aufs Klo?« fragte Anita.

»Klar« hörte man eine ausdruckslose coole Stimme antworten, was natürlich 100prozentig gespielt war. Katja wußte genau, was diese harmlose Frage zu bedeuten hatte und brodelte innerlich schon.

Die Klos waren sauber und stanken nicht. Falls es trotzdem so gewesen wäre, wäre es ihnen allerdings egal gewesen, denn so aktiv und gierig war sie von Anita noch nie geküßt und angefaßt worden, nachdem diese die Tür ihrer Kabine verriegelt hatte.

Mit dem ungewöhnlich langen und intensiven Vorspiel waren sie etwa zehn Minuten beschäftigt, als Katja schließlich fingerfertige Bewegungen an ihrer Hose spürte, die damit, daß kurz, nachdem einer der schmalen Finger Anitas durch den Hosenschlitz bis in das verborgene Zentrum ihres goldenen Dreiecks gelangt waren, mit dem abrupten und barschen Befehl »Hose ausziehen« endeten. Schnell war sie aus einer Birkenstocksandale geschlüpft. Das rechte Hosenbein hing kurz darauf ohne Inhalt jämmerlich zusammengefallen auf dem Boden neben dem linken Birkenstockschuh. Den rechten Fuß setzte sie auf die Klobrille, so daß Anita keine Mühe damit hatte, ihr zunächst einen, dann zwei, drei und schließlich vier Finger in das Zentrum ihrer nassen Spalte zu stecken, die bereits seit geraumer Zeit mit der manchmal etwas streng riechenden aber durchaus wohlschmeckenden Körperflüssigkeit, welche sich im Laufe eines Milliarden Jahre dauernden … überschwemmt war.

Schließlich spürte sie sogar fünf schmale Finger in ihrer feuchtheiß klimatisierten Körperöffnung, und es drängte immer tiefer und ungeduldiger.

»Aua, das tut jetzt aber echt weh!«

»Entspann dich, willst du jetzt einen Fistfuck oder nicht?« »Fistfuck?« Katja konnte zwar kaum englisch, ihr war aber trotz ihres leicht beschränkten Horizontes klar, was hier nur gemeint sein konnte, daß ihr Anita nämlich die ganze Faust, wahrscheinlich bis zum Ellenbogen, reinstecken wollte. Bei diesem Gedanken verkrampfte sie sich total und das, obwohl der letzte Schließmuskel, durch den die Handfläche durch mußte, schon fast genügend gedehnt war.

Anita bemerkte sehr schnell, daß jetzt nichts mehr ging. Sie hatte vorher noch nie diese Sexualpraktik versucht, wußte aber aus zuverlässigen Quellen, daß man für einen richtigen Fistfuck auf jeden Fall Gummihandschuhe und ausreichend Vaseline benötigte, beides also wichtige Utensilien, die sie in diesem Moment nicht zur Hand hatte.

Das hier war eben nur ein spontaner Versuch, weil sie gerade Bock drauf hatte, beim nächsten Mal würde sie besser vorbereitet sein. Früher oder später war Katja auf jeden Fall fällig, und sie würde es ihr so mit der Faust besorgen, daß sie es nie mehr vergessen würde. »Willst du noch 'ne Nase Pep?« fragte sie, fast mit einem schlechten Gewissen, die immer noch vor Anstrengung knallrote Katja, die leicht geschockt schien.

»Nein«

Sie zog sich selbst eine dicke Line auf dem Spülkasten des Klos rein, welcher über und über mit braunen Flecken abgelegter und abgebrannter Kippen bedeckt war. Ihre Lebensgeister wurden nach kurzer Zeit auf ein höchstes Maß aktiviert.

»Wer war eigentlich dieser Scheiß-Stalin?« Katja konnte ihr auf diese Frage keine Antwort geben. Sie trennten sich. Wenig später stand Anita topfit auf der Straße und machte sich zu Fuß auf den Weg zur Tramperstelle, um irgendeinen Trottel anzuhalten, der sie nach Hause bringen sollte. Auf Katja hatte sie an diesem frühen Sonntagmorgen keinen Bock mehr.

Tuntenparty an der Autobahn

Pedro sah als erster den blauen, tiefliegenden, allem Anschein nach mit einigen schweren Personen vollbesetzten VW-Bus, der langsam in den von Büschen gegen neugierige Blicke gut geschützten Autobahnparkplatz hineinrollte. Der Schwulentreffpunkt Goldsandquelle war szenemäßig bundesweit bekannt und wurde reichlich frequentiert, teilweise sogar von schwulen Truckern aus den Beneluxstaaten und Skandinavien.

Selbst im konservativen, CDU-nahen, lokalen Provinzblättchen stand ein Artikel über das rege, unmoralische Treiben an der A 6.

Erstbesucher oder fremde Wagen, die sich tatsächlich nur rein zufällig hierher verirrten, um eine Pinkelpause einzulegen oder ein Butterbrot zu essen, wurden sofort, trotz dieser höchst zweifelhaften Popularität, von der Stammkundschaft erkannt.

»Gut, du kannst loslegen, geh mir jetzt in die Hose und schieb mir die Zunge in den Hals.« Schon den fünften Abend hatten sie auf diesen Augenblick gewartet, nun schienen sie tatsächlich ans Ziel ihrer Träume zu kommen. Gestern nachmittag war Dieter nochmal in der Klinik gewesen und hatte Franz besucht, der immer noch bewußtlos mit eingeschlagenem Kiefer und Wirbelsäulenbruch auf der Intensivstation lag. Er hatte ihn kaum wiedererkannt und dabei kannten sie sich doch im wörtlichen Sinne in- und auswendig. Erschütternde Bilder schossen ihm durch den Kopf.

Franz war nicht der erste gewesen, der in dem Park hinterm Theater, einem seit Jahrzehnten gängigen Treffpunkt für männliche Vertreter der gleichgeschlechtlichen Liebe, einem brutalen Überfall einer Bande Nazi-Skins zum Opfer gefallen war. Im letzten halben Jahr waren mindestens 15 Schwule von diesen rechten Schweinen aufs übelste zugerichtet worden. Daß es noch keine Toten gegeben hatte, war ein wahres Wunder.

Die Cops sahen mehr oder weniger tatenlos zu, verhöhnten die Opfer teilweise noch während der Verhöre, falls überhaupt der Versuch gemacht wurde eine Anzeige zu erstatten. Die zuständigen Beamten hatten bisher noch keinen einzigen Verdächtigen ermittelt oder gar festgenommen, obwohl hinter vorgehaltener Hand sogar schon die ersten Namen der Tatbeteiligten gehandelt wurden. Die Straße hat bekanntlich viele Ohren, und Querverbindungen gibt es überall zwischen den verschiedenen »Szenen«. Nach dem letzten Überfall, der zur Folge hatte, daß Franz wahrscheinlich für immer gelähmt bleiben würde, hatten sie die Sache nun selbst in die Hand genommen. Dieter war vor Jahren, kurz nach seinem Coming Out, welches ihm das Leben in seiner tristen, kleinen Heimatstadt nicht gerade erleichtert hatte, nach New York gereist. Dort hatte eine Reihe von Überfällen und Vergewaltigungen bei Mitgliedern der schwulen Community in der Lower East Side für Schlagzeilen gesorgt.

Das ganze steigerte sich mehr und mehr, und schließlich gab es sogar Tote. Die Polizei war angeblich machtlos, in der Realität allerdings einfach nicht sehr energisch in ihren Ermittlungen, um es moderat auszudrücken. Unter den zahlreichen Rednecks des N.Y.P.D. herrschte nicht gerade das, was man eine große Sympathie für Schwule nennen konnte, obwohl New York City sicher zu den liberalsten Städten der USA gehörte.

In manchen vor Männerschweiß triefenden, schwülen, überheizten Duschräumen und Umkleidekabinen der veralteten Polizeiwachen machten sich mit jedem weiteren Homo, der ins Gras biß, neue Schwulenwitze und eine gewisse Schadenfreude breit. Geschmacklose Gags und Verhöhnung der Opfer waren eher die Regel als die Ausnahme und sorgten bei einem Plastikbecher Kaffee und Donuts für den einen oder anderen Schenkelklopfer.

Mit der Situation konfrontiert, daß die staatlichen Behörden nicht in der Lage waren, oder sein wollten, sie zu schützen, schritt die homosexuelle Gemeinde notgedrungenermaßen zum Selbstschutz.

Die Pink Panther wurden ins Leben gerufen. Die Pink Panther waren eine Art Schutztruppe, die in Vierergruppen an allen neuralgischen Punkten der Stadt Tag und Nacht patrouillierte und stets mit einer Funkleitzentrale in Verbindung stand, welche wiederum einen direkten Draht zur Polizei hatte.

Ihre Mitglieder waren kräftige Kerle, meistens mit Kampfsporterfahrung, auch einige eisenharte Vietnam-Veteranen waren dabei. Oberste Prämisse war allerdings, niemals Gewalt anzuwenden, sondern nur zu beobachten, verbal einzuschreiten, mit extra angefertigten rosa Wattebäuschchen zu werfen und im äußersten Notfall einen Täter, falls möglich, festzuhalten, bis die Polizei erschien. Nach einigen Wochen und vielen Nächten, in denen zum Teil mehr als 100 Pink Panther Patrouillen zur selben Zeit unterwegs waren, hatten sie endlich Erfolg. In der Nähe der Kreuzung Greenwich Street / Spring Street, also etwas weiter entfernt von der Lower East Side, konnten sie den 33-jährigen Frederic O. Hoover, der zu diesem Zeitpunkt eine Baseballmütze, einen Bart und ein rotschwarzkariertes Holzfällerhemd über den Jeans trug, überwältigen und bis zum Eintreffen der

Polizei festhalten, als dieser gerade dabei war, einem jungen Stricher den Schädel einzutreten. Hoover, ein Trucker aus Arkansas gestand nach wenigen Stunden Verhör.

In einem kleinen Südstaatenkaff aufgewachsen, kam er schon seit Jahren bei seinen LKW-Touren regelmäßig in den melting pot New York.

Stets hatte er nur ein paar Stunden Aufenthalt, die der stämmige rothaarige Mann mit steigendem Enthusiasmus dazu nutzte, Schwule auf brutalste Art und Weise zusammenzuschlagen und hin und wieder auch in ihre sowieso schon geweiteten Arschlöcher Millionen … zu spritzen.

Bei einer dieser Aktionen hatte er sich beim Schlag in die Fresse eines Homos die Hand aufgerissen und dabei mit AIDS infiziert.

Als er von der Ansteckung erfuhr, war ihm sofort klar, wo und bei welcher Gelegenheit er sich die Strafe Gottes eingefangen hatte.

Sein Schwulenhaß nahm daraufhin geradezu religiöse Formen an, ab sofort nannte er sich »Fred, der Rächer Gottes« und nahm sich vor, so viele der warmen Brüder wie möglich über den Jordan zu schicken, bevor er vor seinen Herrn treten mußte.

Frederic O. Hoover gestand acht Morde und fand sich somit in einem guten Mittelplatz der amerikanischen Serienkiller-Liga wieder. Damit war eine ganze Reihe von Verbrechen aufgeklärt, und nach seiner Sicherheitsverwahrung in einer Klinik für Geistesgestörte hörte die Mordserie wie auch die »normalen« Übergriffe abrupt auf, was allerdings auch mit den Patrouillen der Pink Panther zu tun hatte, die immer noch sporadisch durch die Straßen zogen und viele Gelegenheitsschläger nicht zuletzt dank ihres spektakulären Erfolges gegen »Fred, den Rächer Gottes«, abschreckten.

Die ganze Geschichte hatte Dieter damals sehr beeindruckt. Er war zwar selbst nicht bei den Pink Panthern dabeigewesen, hatte die gesamte Entwicklung allerdings mit großem Interesse verfolgt. Die Gays hatten es tatsächlich geschafft, nachdem sie vom Staat alleine gelassen worden waren, dem Terror kontra zu bieten. Eine Erfahrung, die ihn nachhaltig beeinflußte und ihm jede Menge Selbstvertrauen und auch Inspiration für den Selbstschutz in Deutschland gab.

Heute war der Tag der Rache gekommen.

Eddie sprang als erster aus dem Bus. Circa einhundert Meter entfernt am Waldrand standen zwei Lederschwuchteln wie aus dem Bilderbuch. Der eine machte sich gerade an der Hose des anderen zu schaffen und schob ihm auch noch in ekelhafter Weise die Zunge in den Hals. Er mußte fast kotzen, als er das sah. Auf so etwas hatten sie nur gewartet.

Im Wagen hatten sie sich bei gutem Faschorock und einer Kiste Bier, die sie bei der SHELL-Tankstelle hatten mitgehen lassen, prächtig aufgeheizt. Armin hatte ihr Lieblingstape eingelegt, das sie immer bei solchen Gelegenheiten hörten. Den Einstieg bildeten NAHKAMPF mit einer modernen Interpretation des »Horst Wessel-Liedes«, es folgten FREIKORPS mit »Hafenstraße«, WOTAN mit »Linke«, die genialen SACCARA, die sogar schon mal einen Fernsehauftritt geschafft hatten mit »Kommie Stinker«, STURMGESANG mit »Punx«, einen Song, den sie auch schon gehört hatten, kurz bevor sie damals das Codex gestürmt hatten, LANDSER mit »Schlagt sie tot« und als Höhepunkt RADIKAHL mit dem Supermitgröl-Smash-Hit »Hakenkroiz«, den mittlerweile jeder, auch wenn noch soviel Alkohol im Spiel war, mitgrölen konnte.

Eddie hatte gut zehn Meter Vorsprung vor dem Rest der Meute und sprintete wie ein wildes Tier auf seine Beute los, als er plötzlich, wie von einer mächtigen Faust getroffen, nach hinten geschleudert wurde.

Er war bei voller Geschwindigkeit mit der Kehle an einem hauchdünnen, zwischen zwei Bäumen gespannten Stahldraht hängengeblieben. Der Schnitt, der durch die Wucht des Aufpralls von über 100 Kilo Lebendgewicht bei einer Geschwindigkeit von zwanzig Stundenkilometern entstanden war, war tief, aber er lebte noch.

Kurz vor der Halsschlagader war die klaffende Wunde zu Ende. Trotzdem blutete er wie ein abgestochenes Schwein aus dem Hals.

Als die anderen sahen, daß Eddie wie von Geisterhand in seinem unbarmherzigen Angriff gestoppt wurde, war es zu spät um ihrem instinktiven Gefühl, welches ihnen sagte, daß sie gerade in eine Falle gelaufen waren, Folge zu leisten. Flucht war unmöglich. Als von rechts und links etwa 30 kräftige, mit Eisenstangen, Baseballschlägern und Messern bewaffnete Männer aus den Büschen brachen, war an eine Gegenwehr nicht mehr zu denken. Marlene bekam als erste einen stählernen Teleskop-Totschläger auf den Kopf, so daß die Splitter, die ein Schädelbasisbruch in vielen Fällen mit sich bringt, tief in die Reste ihres zermaschten Gehirns eindrangen.

Armin erhielt einen Hieb mit dem Baseballschläger ins Gesicht, so daß sich die Nase auf gleicher Höhe mit den ebenfalls leicht nach hinten versetzten Jochbeinknochen befand. Von einem Oberkiefer konnte bei der Breite des aus Aluminium bestehenden XXL-Schlägers, der den Weg in seine Fresse gefunden hatte und völlig ungebremst aufgeschlagen war, ebenfalls keine Rede mehr sein.

Er klappte nach hinten und war im nächsten Moment auch nicht mehr der stolze Besitzer zweier funktionierender Kniescheiben. Es dauerte keine weitere Minute, bis beide Arme ausgekugelt waren und der rechte Ellenbogen einen offen Bruch vorwies.

Der Rest der Jungs und Mädels ging ebenfalls innerhalb von Sekunden unter den Schlägen und Tritten der Schwulen zu Boden.

Lediglich Oliver, einer der süßen Babyglatzen, der gestern abend noch so fröhlich in den SHARP gestiefelt hatte und der erst seit wenigen Monaten regelmäßig zu ihrem Treffpunkt am Brunnen erschien, gelang trotz gebrochener Rippen und breiter Platzwunde am Hinterkopf die panische Flucht Richtung Straße, die damit endete, daß er nach wenigen Metern auf der Gegenfahrbahn von einem Milchtanklastzug frontal erfaßt und überrollt wurde. Ein nachfolgender weinroter Passat geriet durch das Überfahren seiner zermatschten Leiche ins Schleudern und krachte in die Leitplanken. Der Fahrer blieb mit zwei gebrochenen Beinen im Autowrack eingeklemmt liegen und verbrannte unter grauenhaften Schreien jämmerlich bei lebendigem Leibe. Die Autobahn mußte für mehrere Stunden gesperrt werden, auf der Gegenfahrbahn gab es einige Auffahrunfälle durch Gaffer.
»Der hier ist bestimmt noch Jungfrau«, hörte Eddie ungefähr zehn Meter hinter sich freudig erregt ausrufen. Es folgte kurz

darauf das ihm sehr wohl bekannte klatschende Geräusch von Becken und Oberschenkelmuskulatur, wenn diese auf einen harten Männerarsch knallt.

Die noch einigermaßen intakten Skins wurden von ein paar besonders hartgesottenen Schwulen, die durch ihren Sieg über die Faschos ein emotionelles Hoch in kosmischen Sphären erreicht hatten, mit Millionen ... beglückt, daß es eine wahre Pracht war. Zwischen den zum größten Teil ziemlich leblosen Körpern war die Zahl der noch zu gebrauchenden Arschlöcher oder besser die derjenigen, die noch was davon hatten, leider ziemlich gering.

Immer noch lag Eddie, durch den immensen Blutverlust von Minute zu Minute schwächer werdend, auf dem Rücken, war richtiggehend gelähmt durch den Schock der schweren Verletzung. Selbst wenn er hätte laufen können, wäre er nicht aufgestanden, aus Furcht zu verbluten. Er brauchte jetzt dringend einen Arzt.

Dieter und Pedro traten langsam an Eddie heran. Sie wußten: Eddie war die Krankheit und sie die Medizin.

Das fahle Mondlicht und die spärliche Beleuchtung des Parkplatzes gab ihrer Lederkleidung einen unheimlichen Glanz. Sie wußten genau, daß dieser Typ, der nun fast schon bemitleidenswert, hilflos wie ein Baby, vor ihnen im Gras lag, nicht mehr fliehen würde und hatten sich damit Zeit gelassen, zuzusehen, wie der Rest der homophoben Nazibastarde von ihren Freunden verarztet wurde. Mit der dicken Stabtaschenlampe, mit der sie beide auch schon bei anderer Gelegenheit viel Spaß gehabt hatten, leuchteten sie auf die klaffende Halswunde. Sie hatten den Eindruck, romantisch zusammen am Rande des größten noch aktiven Vulkans dieser Erde zu stehen, den Blick gespannt auf den unendlich weit entfernten, kaum mehr sichtbaren Boden dieses Naturwunders gerichtet, in der bangen Erwartung verharrend, daß es gleich zu einer Eruption kommen würde, die mit ihrem reinigenden Feuer den gesamten Dreck und Abschaum dieser Erde hinwegbrennen würde.

»Das muß das Schwein sein, der Anführer! Die Beschreibung trifft hundertprozentig zu« Dieters stark behaarte Brust bebte vor Erregung, als er diesen Satz sagte. Er war sich seiner Sache sicher.

»OK, du weißt, was du zu tun hast«, kam es aus Pedros zu Stein gewordenem Gesicht.

Gegenwehr war von diesem miesen Gewalttäter keine mehr zu erwarten, das wußten beide.

Völlig ruhig und eiskalt wie der Rächer Gottes persönlich zog Dieter Eddies Hosenträger lautlos herunter, gleich darauf folgten die beige-farbenen Sta-Prest und die mit Spermaresten verklebte Unterhose.

Eddie war immer noch völlig unfähig, sich zu bewegen. Vielleicht hatte er sich durch den Aufprall auch das Genick gebrochen, was bei Pedro auf Gleichgültigkeit stieß und ihn nicht weiter beschäftigte, als er das Skalpell das er speziell für diesen Fall von der Station hatte mitgehen lassen, aus seiner Lederweste zog. Dieter hob den stark zusammengeschrumpften Schwellkörper, dessen Flutkammern mangels Vorrat des roten Lebenssaftes in diesem Moment unmöglich gefüllt werden konnten, da selbiger am Hals hinaustrat, an, während Pedro mit einem schnellen, tiefen, fachmännischen Schnitt Eddies Hodensack über die ganze untere Länge aufschlitzte.

Pedro war in seinem bürgerlichen Leben Krankenpfleger mit Leib und Seele. Er liebte die Menschen und seinen Beruf, aber dieses Ding, das, da vor ihm lag, war für ihn kein Mensch, nicht mal ein Tier. Einem Tier hätte er das, was folgte, niemals antun können. Tierversuche verabscheute er, spendete regelmäßig an ANIMAL PEACE und außerdem war er seit drei Monaten vegan. Nein, dieses Ding war bestenfalls ein Monster, vor welchem man den Rest der Menschheit schützen mußte, es fiel weder unter die Genfer Menschenrechts-Konventionen noch unter die Tierschutzgesetze.

Eddies mittlerweile wieder gut gefüllten Produktionsstätten von Millionen … sprangen förmlich aus dem faltigen Hautsack, der sie bis dahin schützend und wärmend umgeben hatte, heraus und baumelten an zwei ulkig anzusehenden Verbindungskabeln. Das mußten die Samenleiter sein oder was auch immer. Jedenfalls hingen die Hoden an der für sie ungewohnt frischen Luft, zwischen den zwei behaarten, weißen, großen, stämmigen Beinen, welche sie zweiundzwanzig Jahre durch die Gegend getragen hatten.

Selbst als die vermeintlichen Kanäle, durch die normalerweise mehrmals täglich Millionen … geströmt waren, durchtrennt wurden, kam aus Eddies Mund nur noch ein kaum hörbares Röcheln.

»Was machen wir jetzt mit den Dingern?«

»Zeig mal her, sehen ja komisch aus, hab ich noch nie gesehen … echt komisch.« Die eiförmigen Gebilde fühlten sich seltsam glitschig an, wogen nur ein paar Gramm, hatten aber hervorragende Flugeingenschaften, wie der sogleich durchgeführte physikalische Schnellversuch zeigte, als eine der Produktionsstätten im fahlen Licht des Nachthimmels auf dem Weg in Richtung Fichtenschonung verschwand.

»Moment mal, ich hab eine Idee.«

Das letzte, was Eddie sah, war eine stark behaarte Faust die ihm den kraftlosen Kiefer mit Leichtigkeit auseinander drückte.

Gleich darauf spürte er ein glitschiges Etwas in seinem Mund, das immer tiefer rutschte und sich schließlich auf der Luftröhre festsetzte, so daß ihm diese, obwohl sie durch den Draht nicht durchtrennt worden war, am Erhalt seines Lebens, das er dem Kampf für die weiße Rasse gewidmet hatte, nicht mehr entscheidend weiterhelfen konnte. Kurz nachdem er erstickte, wäre er sowieso verblutet, obwohl aus dem aufgeschlitzten faltigen Sack zwischen seinen Beinen kaum etwas von dem roten Saft, eigentlich für die Flutkammern seines Schwellkörpers bestimmt, ausgetreten war.

Vorsicht Wildwechsel!

Wie in Trance war Mitch in seiner Wohnung angekommen. Alles was jetzt folgte, hatte mit seiner Einstellung, soweit wie nötig nur Sachbeschädigungen zu begehen, und seiner jahrelangen vegetarischen Lebensweise, recht wenig zu tun.

Es dauerte nur wenige Minuten, bis er mit stierem Blick wieder hinter dem Steuer saß. Auf dem Beifahrersitz die 9mm Pistole, darunter fünfhundert Schuß Munition, unter dem Fahrersitz die Handgranaten.

Vor allem in geschlossenen Räumen stellten diese hochmodernen Granaten eine absolut tödliche Waffe dar. Die Gegner starben bereits durch den Schock bei der bloßen Berührung mit einem von tausenden kleinster Hochgeschwindigkeits-Hartplastiksplitter, in die sich der Sprengkörper nach der Explosion verwandelte. Er war somit im Besitz einer der modernsten Nahkampfwaffen, die die tschechische Armee zur Zeit zu bieten hatte.

»Das ist ja mal wieder 'ne verdammt aufregende Nachtschicht.«

»Besser überhaupt nichts los, als so 'ne Scheiße wie sie Hiela heute wieder abgezogen hat. Der Chef hat jetzt wieder alle Hände voll zu tun, das geradezubiegen. Aber vor Gericht wird der Fahrer des Wagens wohl nicht durchkommen. Außer der alten Ziege, die sich garantiert nicht wieder melden wird, gibt es zum Glück keine Zeugen.«

»Stimmt, aber stell dir mal vor, die Presse würde von der Sache Wind bekommen, was für 'ne Sauerei. Haut der so 'nen jungen unschuldigen Typen brutal zusammen. Der spinnt doch. Schade, daß es bei uns auf der Wache keinen von der kritischen Polizei gibt …«

»Ich überlege echt, ob ich den Typ nicht anzeigen soll. So wie es jetzt läuft, wird alles wieder unter den Teppich gekehrt. Kein Wunder, daß es in der Bevölkerung immer mehr Vorurteile gegen ›Bullen‹ gibt, wenn immer wieder solche Psychopathen eingestellt werden.«

»Bau bloß keinen Scheiß! Du kannst doch keinen Kollegen anzeigen. Vergiß es! Das bringt dich in Teufels Küche. Ist doch überall das gleiche. Was willst du machen? Momentan müssen wir halt auch das Grobzeug nehmen. Gerade im Osten. Dort kannste nicht jeden überprüfen. Bei dem Gehalt und den Bedingungen können wir doch froh sein, daß überhaupt noch jemand zu unserem Verein geht.«

»Du hast ja recht, aber es ist verdammt deprimierend, wenn du überlegst, mit welchem Idealismus wir damals noch zur Polizei gegangen sind. Hast du die Geschichte neulich mitgekriegt? Von dem jungen Kollegen aus Frankfurt? Den haben sie auf 'nem Autobahnrastplatz mit Kokain im Wert von 200 000 Mark festgenommen. Das ist doch echt der Hammer. Tagelang konntest du in den Zeitungen nichts anderes lesen, so was wird in der Presse dann natürlich breitgetreten« und nach einer kurzen bedeutungsschwangeren Pause. »… noch 'n Kaffee aus der Thermoskanne? Hat meine Frau gekocht. Beste Bohne.« »Danke!«

»Deine Frau hat doch immer diesen klasse Käsekuchen gemacht; kannst du noch mal 'n Stückchen mitbringen?« »Klar, am Samstag wird bei uns wieder gebacken. Ich bring dir dann am Sonntag ein Stück zur Frühschicht mit.« Horst Reinke und Richard Seidel verstanden sich trotz des großen Altersunterschiedes hervorragend. Sie fuhren zwar erst seit einem halben Jahr in einem Streifenwagen, allerdings konnten sich beide vorstellen, daß sie bis zu Richards Pensionierung zusammenarbeiten würden. Das wären noch knapp drei Jahre, dann würde Richard mit seiner Frau Hilde endgültig nach Mallorca übersiedeln, wo sie bereits vor 25 Jahren ein kleines Wochenendhäuschen gekauft hatten und jede Möglichkeit nutzten, um dort ihre Freizeit zu verbringen.

Durch die Einnahmen des Häuschens, das sie an Bekannte vermieteten, wenn sie selbst nicht dort waren, und die Tatsache, daß sie trotz des großen Wunsches und Anstrengungen kinderlos geblieben waren, hatten sie es zu einem ansehnlichen Betrag auf der hohen Kante geschafft, so daß sie gelassen einem gesicherten Lebensabend entgegensehen konnten.

Etwas anders sah es bei Horst aus. Trotz seiner 27 Jahre hatte er bereits vier Kinder mit seiner Frau Sylvia, die er direkt nach ihrer Friseusenlehre geheiratet hatte. Mit dem Kauf des Reihenhauses hatten sie sich auf Lebenszeit verschuldet und das Geld reichte vorne und hinten nicht. Wenn Oma Klara nicht wäre, hätte er schon ein paar Mal einen Kredit aufnehmen müssen, und der jährliche Nordseeurlaub wäre wohl auch nicht finanzierbar.

Richard, der regelrechte Vatergefühle für den jungen Reinke pflegte, überlegte ab und zu, ob er ihn nicht heimlich zu seinem Erben machen sollte, da Hilde und er keine näheren Verwandten mehr hatten. Der Junge hätte es wirklich verdient. Ein Pfundskerl und ehrlicher Knochen bis ins Mark. Ein Bulle, wie er in der jungen Generation nur noch selten zu finden war.

»Wagen sieben bitte melden!« piepte es aus dem Funkgerät.

»Ah endlich passiert mal was, hoffentlich hat Hiela nicht wieder zugeschlagen ha ha ha … Hier Wagen sieben«, antwortete Richard.

»Fahrt mal rüber in den Steinbachforst. Da hat uns gerade ein Anruf erreicht. Ein ziemlich verstörter Autofahrer hat uns über die Notrufsäule informiert, daß er dort ein Reh angefahren hat. Das Vieh muß noch leben, und der Wagen ist anscheinend ziemlich demoliert. Schaut euch die Sache mal an.«

Richard legte den ersten Gang ein. »Das sind nur ein paar Kilometer. Wahrscheinlich nur wieder ein überkorrekter Bürger, aber solche Einsätze sind mir immer noch lieber als so ein Scheißeinsatz am Wochenende in irgendwelchen Stadien bei den Fußballidioten oder bei Demos.«

»... oder denk mal an die CHAOS-TAGE im letzten Jahr. Beck und Arnd waren ja dabei, das muß wirklich übel gewesen sein, allerdings nicht nur von Seiten der Bunthaarigen, auch wie einige junge Kollegen die Punx provoziert und regelrecht mißhandelt haben. Die sind halt in den Augen von manchen Grünschnäbeln, die gerade von der Polizeischule kommen und aus irgendwelchen Grunden Aggressionen haben, einfach Freiwild. Sobald aber einer 'nen Anzug und 'ne Krawatte trägt, kuschen die meisten. Bei diesen Punkern sind dagegen eine paar wirklich nette und sympathische Köpfe dabei. Bei mir war sogar mal einer in der Klasse, mit dem hab' ich heimlich aufm Schulklo immer geraucht. Der läuft immer noch so rum, ist aber echt O.K. und absolut nicht blöd.«

»Fahr mal langsamer, da vorne steht schon ein Wagen.« »Siehst du irgendwo das Reh?«

»Nein, nichts zu sehen. Komisch, im Auto sitzt auch niemand, aber außer dieser weißen Kiste ist hier weit und breit nichts am Start. Vielleicht hat sich das Vieh noch mal erholt und der Fahrer ist jetzt hinter ihm her und will sich doch noch 'ne Keule rausschneiden. Die hoppeln jetzt beide durch den Wald. Garantiert! Ha ha ha! … Halt mal rechts neben dem Wagen an.«

Die beiden Beamten mit den ausufernden Schweißflecken in den Achselhöhlen ihrer kurzärmeligen Hemden betrachteten den leeren Peugeot 205. Weder an den Reifen noch an der Karosserie oder Stoßstange waren irgendwelche Einwirkungen oder Spuren eines Unfalls zu erkennen.

Richard setzte die Mütze auf, um auszusteigen und mit der Taschenlampe den Platz abzusuchen und vor allem den Wagen genauer zu inspizieren.

Vielleicht war die Karre geklaut, seltsam war es auf jeden Fall, daß hier niemand in der Nähe war.

In diesem Augenblick hörten die beiden Polizisten ein seltsames Geräusch auf der rechten Seite des am Morgen frisch geputzten Streifenwagens.

Als Richard den Kopf zu der Seite drehte, aus der das Klacken kam, ein Geräusch, das er von irgendwoher kannte, durchschlug das Projektil bereits das putzstreifenfrei gewienerte Glas.

Die Kugel ging sauber mitten durch die Stirn, trat am Hinterkopf wieder aus dem Schädel aus und blieb in Horsts Schlüsselbein stecken. Horst hatte weniger Glück, er kam gerade noch mit der Hand an das Halfter seiner Waffe, als ihm die Kugel, welche durch das rechte Auge eindrang, wieder hinter dem linken Ohr austrat.

Mitch feuerte insgesamt sieben weitere Schüsse ins Wageninnere. Alle Geschosse bis auf eins, welches durch die Wagentür flog und kurz vor seinem eigenen Auto in der Schotterfläche stecken blieb, waren Kopftreffer. Von den Gesichtern der beiden

Fahrzeuginsassen war nicht mehr viel zu erkennen. Richard hatte er regelrecht die Nase weggefetzt, die Reste lagen nun auf dem leblosen Schoß des sympathischen Kollegen nebenan, nachdem sie von der Türinnenseite zurückgeprallt waren.

Mitch humpelte um den Wagen und hatte mit seinem nicht mehr ganz einsatzfähigen Körper alle Mühe, die 87 Kilogramm des jungen Familienvaters vom Fahrersitz zu zerren und auf dem Rücksitz zu verstauen. Danach setzte er sich zum ersten Mal in seinem Leben ans Steuer eines Streifenwagens und fuhr noch tiefer in den Wald hinein. Ein gutes Gefühl.

»Wagen sieben Bitte melden! Wagen sieben bitte melden!« quäkte es aus dem Armaturenbrett, während sich das Blut von Horst und Richard in seine nicht mehr ganz sauberen Jeans einsaugte und die beiden Beamten immer noch etwas von der roten Flüssigkeit absonderten.

Er ignorierte die bittenden Anfragen aus dem Sprechfunkgerät. Seine einzige Antwort war ein Lächeln. Nach etwa 500 Meter holprigen Waldwegs bog er hinter einer Tannenschonung ein. Einen Kanister Diesel hatte er vorher schon an dieser Stelle bereitgestellt. Alles war perfekt geplant, immerhin war er ein erfahrender Freizeitterrorist. Er goß den Inhalt über die Leichen, öffnete alle Türen, so daß sich kein Gasgemisch bilden konnte, welches beim Entzünden zu einer Explosion führen könnte, falls er einen brennenden Lappen oder etwas ähnliches in die Karre werfen würde, und legte zur zusätzlichen Sicherheit eine schmale Treibstoffspur, von deren Ende er den Wagen mit seinem mittlerweile ziemlich toten Inhalt in Brand setze.

In der Hocke sitzend beobachtete er mit leerem Blick aus gut 50 Metern Entfernung das Feuer, das im fahlen Mondlicht dieser

Spätsommernacht die nahegelegene Fichtenschonung gespenstisch beleuchtete.

Irgend etwas aus in seinem tiefsten Inneren war durch das Erlebnis am Mittag zu Tage gefördert worden. Er wußte, daß er nicht irre war. Er wußte ganz genau, daß er völlig normal war, aber wie konnte er in aller Seelenruhe ein solch kaltblütiges, wenn auch nicht perfektes, Verbrechen begehen?

Waren all die aufgestauten Aggressionen plötzlich mehr oder weniger zufällig an diesem Tag kanalisiert und aus ihm herausgebrochen, hatte er lediglich die falschen moralischen Grenzen, an die er sich bisher bei all seinen Aktivitäten immer noch gehalten hatte, zur Seite gefegt? Daß er nicht konsequent sei, konnte ihm nun allerdings keiner mehr nachsagen, das hatte er bewiesen.

Mit dieser Tat war er endgültig vom breiten Anwärterfeld der Freizeitterroristen zu den Profis übergetreten, dessen war er sich ganz sicher. Aber was für einen Sinn hatte die Aktion, was wollte er damit verfolgen? Den Staat zu härteren Repressionen zwingen? Einfach zwei x-beliebige Cops aus dem Weg räumen? Den anderen zeigen, daß der Apparat militärisch angreifbar war und man selbst seine geheiligten, unantastbaren Symbole in Form von Uniformträgern beseitigen konnte? Er wußte es nicht. Er wußte nur, daß er völlig ruhig war, daß er normal war und daß er jetzt nach Hause in sein unauffälliges Einzimmer-Apartment fahren und sich ins Bett legen wollte. Vielleicht sollte er am nächsten Tag nach Kambodscha auswandern. Brennende Autos hatten ihm schon immer gut gefallen.

Die verkohlten Leichen stanken bestialisch, ebenso das geschmolzene Plastik und verbrannte Gummi des Streifenwagens, der seltsamerweise nicht explodiert war.

Mitch ging kaum noch humpelnd zu seinem Wagen, legte die erste YOUTH BRIGADE ein, sang jede Zeile von »What Will The Revolution Change?« mit und fuhr in Richtung seines spartanisch eingerichteten Zuhauses. Ihn beschäftigte nur noch eine Frage: Sollte er die Jeans waschen oder vorsichtshalber wegwerfen?

Erdbeergeschmack mit Sahne

Die Cops hatten den ausgebrannten Streifenwagen schnell gefunden, nachdem sich die beiden Beamten längere Zeit nicht gemeldet hatten. Die Spurensicherung war noch mit ihrer Arbeit beschäftigt. Aber daß vorne an der Straße ein ganz bestimmter Fahrzeugtyp geparkt hatte und die zahlreichen Fußspuren im Lehm am Rande der Fichtenschonung, die das Profil dieser weitverbreiteten Converse Skaterschuhe aufwiesen, auf eine verdächtige Person von einer Routinekontrolle des Vortages hindeuteten, bei der es einen kleinen Zwischenfall gegeben hatte, war klar.

»So was hab ich in meiner ganzen Laufbahn noch nicht erlebt. Das ist das brutalste, kaltblütigste Verbrechen, das ich je gesehen habe. Es scheint jedes Motiv zu fehlen. Ich kann es einfach nicht fassen. Der junge Beamte hinterläßt eine Frau und vier Kinder. Richard wäre demnächst pensioniert worden, der hatte es fast gepackt. Hat es schon jemand seiner Frau gesagt?« fragte der Hauptkommissar mit dicken Sorgenfalten auf der Denkerstirn.

»Wir haben einen Beamten hingeschickt und einen Arzt gleich dazu, du weißt ja, daß sie herzkrank ist. Im übrigen haben wir den Halter des Fahrzeugs ermittelt. Es gab außerdem einen Zeugen, der heute morgen gegen vier Uhr einen weißen Peugeot hier hat stehen sehen. Das Auto ist ihm aufgefallen, weil er hinten im Wald einen großen Feuerschein bemerkt und von zu Hause aus die Feuerwehr angerufen hat. Die haben von der Straße aus allerdings zunächst nichts gesehen, der weiße Peugeot war auch nicht mehr da, und sind wieder abgezogen. Über die Feuerwehr sind wir dann an den Zeugen gekommen und dessen Aussage paßt zu den Reifenspuren und den Fußabdrücken der verdächtigen Person, die gestern mittag kontrolliert wurde«, antwortete Assistent Weber.

»O.K. Sehr gut. Schickt ein Spezialkommando hin ... und die Jungs sollen vorsichtig sein. Wahrscheinlich ist der Typ ein Killer. Erzähl ihnen vorher aber ruhig, was sich hier abgespielt hat. Polizistenmord!«

Er wußte genau, daß dies eine Motivation war, die ihre Wirkung nicht verfehlen würde und zündete sich eine weitere Zigarette an, die vierte, seitdem sie am Tatort waren, und das, obwohl ihm sein Arzt gerade erst am Donnerstag erneut striktes Rauchverbot erteilt hatte.

Weber hatte unterdessen bereits mit ein paar Jungs von der Wache gesprochen. Für den kommenden Mittwoch sollte ein Trauermarsch zum Andenken an die beiden ermordeten Kollegen durch die Innenstadt stattfinden, außerdem hatten alle Streifenwagen Anweisung, ab sofort für zwei Wochen schwarzen Trauerflor zu tragen. Auf der Beerdigung würde Reviervorsteher Stapenhorst eine Rede halten. Beileidskundgebungen an die Hinterbliebenen waren unterwegs, die Kränze bereits bestellt.

Die Mühlenstraße war weiträumig abgeriegelt worden. Die zahlreichen BOSCH-Arbeiter, die in dieser Gegend wohnten und gerade von der Nachtschicht kamen, konnten dadurch nach der nicht sehr beliebten Arbeitszeit nicht sofort nach Hause fahren. Die Stimmung in den gepflegten Kleinwagen war gereizt.

»Könnt ihr mir nicht sagen, was das soll? Ich bin ein anständiger Steuerzahler und hab' die ganze Nacht über geschuftet, ich will endlich in mein Bett«, kauzte der untersetzte dickere Kerl mit dem knallroten Kopf hinter der halb heruntergekurbelten Scheibe hervor.

Der Uniformierte gegenüber reagierte nicht.

»Habt ihr wieder so 'ne Scheißfliegerbombe aus dem Zweiten Weltkrieg gefunden? Warum ist dann eigentlich meine Frau noch nicht evakuiert?«

Im Prinzip wäre es Ecker ganz recht gewesen, wenn seine Frau mit einer Bombe hochgehen würde. Christine nervte ihn sowieso schon die letzten 25 Jahre. In diesem Moment fiel ihm jedoch schlagartig ein, daß er sein Maul besser nicht soweit aufreißen sollte, denn bei den fünf Bieren, die er eben noch wie jeden Morgen in seiner Stammkneipe am Bahnhof gekippt hatte, war eine Fahne nicht gerade unwahrscheinlich.

Der Schutzmann hinter der rot-weißen Absperrlatte ließ sich jedoch nur ein monotones »Haben Sie etwas Geduld« entlocken und verspürte kein Interesse, Erklärungen abzugeben oder weitere Aktionen wie etwa eine Alkoholkontrolle bei dieser Nervensäge durchzuführen.

So blieb Ecker hinter dem Steuer seines roten Polos sitzen, schob sich einen Kaugummi ohne Zucker zwischen die Zähne und stellte den Lautstärkenregler ein bißchen höher, um »Singin' in the Rain« mitsummen zu können.

Das Haus links neben der Mühlenstraße 6 war seit längerer Zeit unbewohnt. An diesem Morgen waren überraschend einige kräftige Gestalten mit Stahlhelmen, Gesichtsmasken, kugelsicheren Westen und allerlei Spezialwaffen eingezogen. Eine Sprengladung war an der Wand angebracht worden; falls es unten mit den regulären Türen und Fenstern Probleme geben sollte, würden sie kurzerhand eine Mauer heraussprengen.

Die Rentnerin, die rechts neben der Mühlenstraße 6 wohnte, war ohne größere Probleme evakuiert worden. Die alte Dame erlitt zwar einen leichten Schwächeanfall und wurde ohnmächtig, als die beiden Männer der Spezialeinheit durchs Fenster stiegen, aber für den reibungslosen Abtransport der Fünfundachtzigjährigen, die mittlerweile wieder zu sich gekommen war, war dies nur von Vorteil. »Was wollen Sie denn von den jungen Leuten, die sind doch völlig harmlos«, versuchte Frau Brenken noch auf der Bahre angeschnallt liegend zu beschwichtigen: »Sehen zwar alle ein bißchen verrückt aus, aber das ist doch kein Grund.«

»Mich dürfen sie nichts fragen«, antwortete der vom Kettenrauchen gezeichnete Rote-Kreuz Mann, als er der älteren Dame die schwere, graue Wolldecke über die Brust legte.

Auch die Einwohner der gegenüberliegenden Häuser waren evakuiert worden. Hinter den nikotingelben Gardinen des heruntergekommenen Gebäudes mit der Nummer fünf standen nun Scharfschützen mit ihren Spezialwaffen im Anschlag, die Kisten, Koffer und Rucksäcke mit allerlei hochwertigem Equipment an die Pumuckltapete des Kinderzimmers gelehnt.

Hinter dem Haus Nummer 6 mit dem verwahrlosten Garten befand sich ein kleines Wäldchen, in dem die Männer, die ihr Leben lang nichts anderes trainieren, als mit dem ersten Schuß direkt ins Ziel zu treffen, darauf warteten, endlich einmal ihren Beruf unter realistischen Bedingungen ausüben zu dürfen. Aber der dreckige Polizistenmörder kam einfach nicht raus. Das Schwein war zwar noch nicht verurteilt, aber für die Männer in Kampfmontur war der Fall an diesem frühen Sonntagmorgen sonnenklar. Das Urteil längst gefällt.

In einem mit allerlei technischen Gerät vollgestopften Container hatte Hauptkommissar Wagner die Einsatzleitung vor Ort übernommen. Er war direkt vom Tatort hinter der Fichtenschonung hierher gekommen. Über einen kleinen Knopf im Ohr erhielt er direkte Anweisungen aus dem Polizeipräsidium, wo der Polizeipräsident, der Innenminister und einige andere hohe Beamte bei einem Kaffee zusammensaßen.

»Sie können in zwei Minuten anfangen«, ertönte die Stimme in seinem Ohr. Es war der Polizeipräsident persönlich.

Außer Wagner, dem Mann am Funkgerät, dem Leutnant der Spezialeinheit und einer Polizeipsychologin befand sind nur noch sein direkter Untergebener Weber in dem Container.

»Ich geh noch mal kurz raus«, sagte der Hauptkommissar im eleganten Maßanzug, was für Weber das Zeichen war. Er wußte genau, was jetzt kommen würde. Wortlos folgte er eine halbe Minute später seinem Vorgesetzten durch die Tür und ging zielstrebig zum extra für die Einsatzleitung aufgestellten Toilettencontainer, wo Wagner sich bereits die Krawatte gelockert und das Sakko fein säuberlich an den Handtuchhaken gehängt hatte.

Nicht der geringste Knitter würde sich nachher darin befinden, wenn er den Container wieder verlassen würde. Er war schon gut 30 Jahre im Polizeidienst, hatte drei erwachsene Söhne, führte eine glückliche Ehe und legte äußersten Wert auf korrektes Aussehen. Keiner hatte jemals etwas von seiner Homosexualität erfahren, bis auf Weber, den er damit erpreßte, daß er verschwieg, daß dieser in seiner Jugend regelmäßig Cannabis konsumiert hatte und nur durch seine Mithilfe die Karriereleiter soweit nach oben gestiegen war, wie es ihm bei seinem Schulabschluß trotz Abendkurse regulär niemals möglich gewesen wäre.

Der Hauptkommissar sperrte den Toilettencontainer ab, ließ seine graue Anzugshose und die Unterhose herunter, darauf bedacht, daß sie nicht auf eine dreckige Stelle am Boden fiel, raffte das weiße Hemd hoch und setzte sich breitbeinig auf den Rand des Waschbeckens, mit dem Rücken an die Spiegelwand gelehnt.

»Los fick mich, du geiler Hengst!« befahl er Weber.

Mitch bekam schon wieder Kopfschmerzen. Er befürchtete, bewußtlos zu werden, und da er somit am Steuer zu einer Gefahr für die Allgemeinheit werden würde, hielt er an, schließlich wollte er niemanden verletzen. Er war ein friedliebender Mensch, der sogar für die Rechte der Tiere kämpfte und konnte im Grunde genommen keiner Fliege etwas zu Leide tun. Er ging ein paar Meter zu Fuß, um die frische Luft dieses frühen Sonntagmorgen zu schnappen. Er kam direkt hinter dem Bahndamm zum Eingang der Leopoldstraße, wo die Frauen in den Schaufenstern saßen.

Kaum hatte er den Durchgang durch die Mauer, welche als Sichtblende für allzu neugierige Blicke fungierte, durchschritten, wurde er auch schon angemacht, denn trotz seines Schnitzelgesichtes war er einigen Frauen immer noch lieber als einer der total besoffenen Prolls, wie sie jetzt am frühen Morgen scharenweise auf der Suche nach einem letzten Fick durch die stadtbekannte Puffstraße wankten, die einen kleinen Flair vom Amsterdamer Rotlichtviertel versprühte.

»Du kommen mit!« sagte die schwarze Frau. »Nein, ich will nicht, ich kann nicht.«

»Du kommen mit! Du bist süß!« hing das Mädchen an seinem Arm.

Er war noch nie in seinem Leben bei einer Prostituierten gewesen und rein zufällig hier gelandet. Huren zu besuchen war politisch total unkorrekt, aber das hier war eine Ausnahme. In der Zeit, in der er mit der Frau auf ihrem Zimmer war, wurde sie wenigstens nicht von einem chauvinistischen, besoffenen, weißen Rassisten gefickt und ausgebeutet.

Die Kohle konnte er beruhigt investieren, er mußte ja noch nicht mal mit ihr schlafen. Er könnte ihr für die Zeit, die er zahlte, einfach Asyl und eine Pause vor Belästigungen und Erniedrigungen verschaffen. Er schien ihr wirklich sympathisch zu sein, jedenfalls grinste sie wie ein Honigkuchenpferd, als sie ihn die Treppe in den zweiten Stock hochzog.

»Wo kommst du her?« versuchte er ein Gespräch anzufangen.

»Aus Liberia!« sagte sie und faßte ihm ziemlich professionell an die Hose. »Los, zieh dich aus und wasch dich da drüben.«

Er wollte nicht unfreundlich sein und leistete dem Befehl Folge.

»Schöne Tätowierung!« sagte sie, als er sein Antifa-Street-War-T-Shirt ausgezogen hatte und der schwarze Panther, der aus dem schwarzen Stern sprang, auf seiner rechten Brust sichtbar wurde.

Als er vom Waschbecken zurückkam, lag sie bereits auf dem sauberen, frisch bezogenen Laken. Sie streichelte ihn zärtlich. So hatte er sich das bei einer Prostituierten nicht vorgestellt. Daß er gerade einen ziemlich aktiven Schwellkörper hatte, war nicht zu bestreiten.

Noch bevor er ihr erklären konnte, daß er aus politischen und ethischen Gründen jetzt nicht mit ihr schlafen könne, hatte sie schon das Teil im Mund, aus dem normalerweise Millionen … austraten und massierte mit einer Hingabe und Zungenfertigkeit, wie er es bisher noch nicht erlebt hatte.

Nach kaum einer Minute wäre es ihm schon fast gekommen, aber sie hielt ihn zurück und ein Kondom vor die Nase.

»Los, anziehen!«

Er gehorchte, wollte nicht unfreundlich sein, und legte sich, nachdem er das Gummi übergezogen hatte, in der Missionarsstellung auf sie. Sie lächelte weiter. »Stop!« schreckte sie plötzlich hoch.

»Was ist los?« fragte Mitch schüchtern.

Sie schob ihn von sich. Das Kondom war gerissen. Sie hatte es als Vollprofi direkt gemerkt. Lächelnd zog sie ihm ein anderes über. Er machte dort weiter, wo er aufgehört hatte, und nach wenigen Stößen hatte er ein biomechanisch-chemisch-spirituelles Erlebnis, wie er es noch nie zuvor erlebt hatte.

Ihn durchströmte ein vollendetes Gefühl der Glückseligkeit. Totale Befriedigung hatte seinen Kopf freigeblasen, als er wieder in seinem Auto saß und der Göttin aus Afrika hundert Mark überlassen hatte. Wichtiges Geld, das sie für den Kampf der unterdrückten Schwarzen gegen die weißen rassistischen Kolonialvölker einsetzen konnte. Wer weiß, vielleicht würde von dem Geld ein Teil zurück nach Afrika fließen und damit die Teile einer AK 47 finanziert werden. Er war froh, endlich die Chance bekommen zu haben, die Widerstandsbewegung in der dritten Welt aktiv zu unterstützen.

»Los fick mich, du geiler Hengst!« stöhnte der Hauptkommissar ein zweites Mal Weber entgegen. Den Spruch hatte er sich aus einem Film seiner zur Tarnung angelegten umfangreichen heterosexuellen Porno-Sammlung gemerkt.

Weber hatte genau die richtige Höhe, um sein biomechanisch ausgeklügeltes Flutkammersystem ohne größere Anstrengung in Wagners ausgeleierte Rosette zu zwängen, während er dessen behaarte Waden auseinanderspreizte. Er fragte sich zwar immer wieder, wie er es schaffte seinen roten Körpersaft in die Schwellkörper seiner genetischen Informations-Abschuß-Schleuder fließen zu lassen, aber um beruflich weiterzukommen, tut man halt einiges. Und so bohrte sich sein dicker Liebling, unterstützt von der stets in der Sakkoinnentasche griffbereiten Gleitcreme, tief in das vor Geilheit pulsierende, verdammt dunkle Arschloch des Hauptkommissars, der über den Knopf im Ohr, in dem Moment, als der Polizeipräsident das Wort »Anfangen« ausstieß und somit den Startschuß zur folgenden Operation gab, den prächtigen Schwengel des jungen Kollegen in seinem gut temperierten Mastdarm spürte.

Während sich in Webers beiden, in einem faltigen Hautsack aufbewahrten Produktionsstätten, Millionen … dazu bereit machten, ihre besten und überlebensfähigsten Datenträger in Kürze mit einem seit geraumer Zeit im Verdauungstrakt plazierten Haufen dunkelbrauner Masse, bestehend aus den Überresten von Fleischwurst, Pommes, Kaffee, Schokolade und Marmeladentoast vom Vortag zu vermischen.

»Fester«, stöhnte der Hauptkommissar, als der Kommandant der Spezialtruppe vor Ort den Befehl zum Angriff gab, was sich in seinem Knopf im Ohr mit dem gut hörbaren Codewort »Geronimo« manifestierte.

Jeweils sechs Mann pirschten sich so nah wie möglich an die

Vorder- und Hintertür der Nummer 6 heran. Zur Sicherheit waren die Sprengladungen aktiviert. Auf dem Dach befanden sich je zwei Männer über jedem Fenster, um durch die von alten morschen Rahmen gehaltenen, verdreckten Scheiben mit den Füßen voran in das Gebäude einzudringen. Eine Standardübung, die sie schon unzählige Male vorher hinter sich gebracht hatten.

Auf die Sekunde genau flogen Vorder- und Hintertür durch die genau richtig dosierten Explosionen im Erdgeschoß nach innen. Die Blendgranate in die Küche und in Nudels Zimmer hätten sie sich sparen können, aber der Steuerzahler zahlt's. Auch an Munition mußte nicht geknausert werden. Die erste Ladung bekam der geschockte Mischlingshund unter der Spüle in der Küche ab. Sein Gehirn und die Innereien verteilten sich nach zwei gezielten Garben aus den Uzis von Harald und Peter über den Boden und an der mit Prilblumen verzierten Kachelwand.

Nudel hatte einen Mordsständer, lag im Traum unter dem tropfenden, saftigen, goldenen Dreieck der Rothaarigen, welche ihm gerade einem dicken Strahl ihres körpereigenen, kostbaren Saftes direkt in den Mund verpaßte, als er durch die präzise Schußfolge aus den Maschinenpistolen der hochmotivierten Einsatzkräfte sozusagen in zwei Teile gespalten wurde.

Spider hatte dagegen just einen tiefen Zug bestes südafrikanisches Gras inhaliert, als verdammt echte Projektile plötzlich und in unerwartet schneller Reihenfolge aus den bunten Seiten seines gewalttätigen Comics heraustraten und mitten in seinem Gesicht, Hals und Brust landeten. Durch ein paar Querschläger zerplatzte die altertümliche Keramikwanne, in der er lag, und entließ ihren Inhalt auf den dreckigen Badezimmerboden.

Dina hatte es sich, eingermaßen erholt, auf Kralles Schwellkörper bequem gemacht und in der Hockstellung aufrecht hingesetzt, nachdem sie schon einen ausgiebigen, kosmischen Fistfuck mit Kralles gesunder Faust hinter sich gebracht hatten, als plötzlich dieser Typ am Seil, wie in 'nem billigen Actionfilm, durch das Fenster hinter ihnen geflogen kam und den Inhalt des Magazins seiner Waffe, noch bevor er auf dem verranzten Teppichboden gelandet war, in ihren Arsch, den Rücken und Hinterkopf versenkt hatte. Die Kugeln flogen durch ihren Körper so gut wie ungebremst weiter Richtung Kralle, der nach wie vor entspannt auf dem Rücken lag und in diesem Moment den härtesten, ultimativen und letzten Orgasmus seines Lebens geschenkt bekam.

Millionen … ergossen sich in Dina, traten durch ihren zerfetzten Unterleib wieder ins Tageslicht und landeten auf Kralles blutverschmiertem Bauch. Zweifelsohne ein einmaliges Erlebnis in der Welt der Spermien, welches sich da innerhalb von Sekundenbruchteilen abspielte.

Nach wenigen Kilometern sah Mitch eine kleine schwarzhaarige Gestalt mit ausgestrecktem Daumen am Straßenrand. Es war Anita. Aus Gründen des antifaschistischen Kampfes hatte er schon einmal ein sehr aufregendes biomechanisch-chemisch-spirituelles Erlebnis mit ihr auf einem nahegelegenen Waldweg gehabt, damals aber außer eines ergiebigen Ergusses von Millionen …, auf ihre Träume pubertierender Dreizehnjähriger, nicht viel weiteres zustande gebracht.

Er hielt an.

»Hi, wo willst du hin?«

»Nach Hause! Verdammte Scheiße, wie siehst du denn aus?«

»Is' nicht so schlimm, steig ein.«

Anita setzte sich neben ihn. Nach wenigen 100 Metern lag ihre Hand auf seinem rechten Oberschenkel.

»Darf ich 'ne SKREWDRIVER-Cassette einlegen?« fragte sie, in der Gewissheit, ihn damit ein bißchen provozieren zu können, denn Anita wußte, daß Mitch einer von diesen beschissenen Scheiß-Antifaspinnern war.

»Klar, wenn du mir einen bläst«, antwortete er.

»Wenn das alles ist.« Sie schob das Tape in den Schlitz und ihren Mund über seine schnell geöffnete Hose. Die Flutkammern in seinem Schwellkörper waren noch nicht richtig aktiviert. Aus den Boxen tönte CELTIC WARRIOR anstatt Ian Stuarts bekannte Schmalzstimme. Sie hatte versehentlich das falsche Tape eingelegt, aber sie würde die Sache mit den Flutkammern trotzdem hinkriegen.

Während Anitas Kopf sich über seinem Schoß auf und ab bewegte, hielt er den Blick starr auf die Fahrbahn gerichtet und überdachte die letzten 20 Stunden.

Er versuchte es zumindest, konnte sich aber nicht recht konzentrieren.

Er strengte sich an, es möglichst lange hinauszuzögern, bis sich in Anitas Speiseröhre die restlichen Vorräte von Millionen ..., ergießen würden.

Allerdings konnte ihn selbst der Gedanke, daß die überzeugte Rassistin gerade seinen Schwanz sauber leckte, den er kurz vorher in eine seit Jahrhunderten unterdrückte Pussy vom schwarzen Kontinent gesteckt hatte, nicht erheitern. Es war einiges passiert und er wußte, daß er nun ein wirklicher Revolutionär und kein Schwätzer mehr war, was ihm Kralle und Spider immer wieder vorgeworfen hatten.

Als »Automaten« hatten sie ihn beschimpft und ihre Witze über ihn und seine politisch korrekten Ziele gemacht. Während er stundenlang mit dem Kurdistankomitee in der Kälte als Mahnwache stand, hatten sie gegenüber in der Kneipe ein Bier nach dem anderen gekippt und Poolbillard gespielt.

Mitchs Schwellkörper hatte mittlerweile die optimale Härte erreicht, und er konnte sich kaum noch auf seine tiefschürfenden Gedanken oder die Fahrbahn konzentrieren. Sein Fuß drückte fester und fester auf das Gaspedal. Er drehte den Lautstärkeregler auf zwölf, und die NeoNazi-Band wummerte ihm mit einer die Ohren vibrieren lassenden Dezibelzahl um den Kopf. Die SHELL-Tankstelle am Ende der Straße, eine der unzähligen Zweigstellen dieses multinationalen Monsterkonzerns, der für die Unterdrückung der revolutionären Volksmassen in der dritten Welt hauptverantwortlich war, kam unaufhaltsam näher. Sie lag genau im Scheitel der langezogenen Kurve.

In dem Moment, als er die zweite Zapfsäule ummähte, kam es ihm. Die letzten Reserven seiner Millionen … überschwemmten Anitas Mund, als sie durch die Stapel von Bierkästen und die gläserne Wand in den Kassenraum hineinrasten. Die Handgranaten, das beste, was zur Zeit auf dem Markt war, taten ihre Wirkung, und die war ziemlich verheerend, vor allem in geschlossenen Räumen.

Der achtzehnjährige Gymnasiast mit dem Palästinenserschal, der hier in den Ferien aushalf und sich sein Taschengeld ein bißchen aufbesserte, war sofort tot. Die gesamte Tankstelle detonierte in einem riesigen gleißenden Feuerball. Stahl und Beton schmolzen wie Butter in der Mikrowelle, als 100 000 Liter Sprit in einer Umweltalarm auslösenden, schwarzen Wolke verbrannten. Aus den umliegenden Häusern, die ebenfalls Feuer gefangen hatten, wurden am nächsten Tag unter schwersten Bedingungen die Leichen von vier kleinen afghanischen Mädchen geborgen, darunter ein elf Monate altes Baby, welche im Schlaf von den Flammen überrascht und in dem alten morschen Dachstuhl eingeschlossen worden waren, in dem die Familie der Flüchtlinge illegal lebte, nachdem sie untertauchen mußten, da ihr regulärer Asylantrag abgelehnt worden war.

Ein politischer Hintergrund für die Tat wurde ausgeschlossen. Die Leichen von Mitch und Anita konnten nur durch die Gebisse identifiziert werden. Die Körper waren auf Puppengröße zusammen geschrumpft. Drogen waren, so hatte die Obduktion, soweit noch durchführbar, ergeben, bei dem Fahrer keine im Spiel. Die Medien sprachen am darauf folgenden Montag von einem tragischen Unfall.

Während das Viertel rund um die Tankstelle an diesem frühen Morgen durch heftige Explosionen erschüttert wurde, war Weber gerade dabei, das vor weißem Saft triefende Spundloch von Hauptkommissar Wagner sauber zu lecken, der die Verantwortung für den Einsatz trug und erst eine halbe Stunde später erfahren sollte, daß die Person, welche sie gesucht hatten, sich gar nicht in der Wohnung befand, sondern bereits vor drei Wochen ausgezogen war und sich ordnungsgemäß umgemeldet hatte, was jedoch von der zuständigen Behörde vertrödelt worden war. Diese kleine Panne konnte mit Hilfe der gewieften Pressesprecherin glücklicherweise ohne größere Probleme vertuscht werden. So kamen die vier bei der Aktion umgekommenen Punks zu der Ehre, im Nachhinein zu einer gemeingefährlichen, terroristischen Vereinigung umkonstruiert zu werden, die bei einer Hausdurchsuchung Widerstand geleistet hätten. Somit war das harte Vorgehen der Polizei durchaus gerechtfertigt, zumal einer der Beamten verletzt worden war.

Ein Mitglied von Zug A war auf einem Stückchen von Spiders Gehirn, welches durch das ausströmende Badewasser auf die Kellertreppe gespült worden war, ausgerutscht und hatte sich das Steißbein auf dem harten Steinboden gefährlich gestaucht.

Hauptkommissar Wagner und der Rest der Führungscontainerbesatzung prosteten sich auf die gelungene Aktion mit Sekt aus Pappbechern zu. Aus dem Knopf im Ohr war das Klirren von echten Sektgläsern aus dem Polizeipräsidium zu hören.

Weber war zu dem Zeitpunkt mit der Polizeipsychologin, von der er wußte, daß sie in frühen Jahren Cannabis konsumiert hatte, und die er damit schon seit Jahren erpreßte, auf der Toilette verschwunden, von der er kurz vorher mit Wagner zurück gekehrt war.

Als er ihr die Zunge in den Hals schob, fiel ihr dieser eigenartige, fruchtig frische Geschmack auf. Weber benutzte in der letzten Zeit immer, wenn er Wagner seinen Prengel in die Rosette schob, die gerade in der Schwulenszene schwer in Mode gekommene Gleitcreme »Strawberry Fields« mit Erdbeergeschmack.

ENDE

160 Seiten,
9,90 € (D)

Jan Off

Vorkriegsjugend. 200 Gramm Punkrock.

Goldene Tage waren das zu Beginn der 80er, als gefärbte Haare und zerrissene Klamotten bei Eltern, Lehrern und deinem Gegenüber in der Straßenbahn noch echte Empörung auszulösen vermochten.

Eine Zukunft sollte es nicht geben – das hatten zumindest die Großmächte versprochen. Wozu also die knappe Zeit mit einer Berufsausbildung vergeuden?! War es nicht wesentlich sinnstiftender, das ungeheure Angebot an Rauschmitteln zu verkosten, dabei weitere Nieten in die Lederjacke zu schrauben und die Regler der Anlage hochzureißen, damit auch die Nachbarn den neuen ›Soundtrack zum Untergang‹ genießen konnten?

Der Roman »Vorkriegsjugend« würdigt eine Dekade, die so furchtbar gern kalt sein wollte, sich im Vergleich zum nachfolgenden Jahrzehnt aber als echter Ponyhof präsentierte.

240 Seiten,
12,90 € (D)

Nagel

Wo die wilden Maden graben. Roman.

Nach mehr als einem Jahrzehnt Tourleben mit seiner Band Muff Potter legt Sänger Nagel mit »Wo die wilden Maden graben« sein Romandebüt vor.

Der Protagonist kehrt nach einer ausgedehnten Konzerttournee nach Hause in einen unstrukturierten Alltag zurück. Die sozialen Kontakte außerhalb des Bandgefüges sind verkümmert, das Leben in der Heimatstadt gleicht einer permanenten Ausnahmesituation: Alltag, das ist das Leben auf Tour. Voller Leerlauf und vertaner Zeit, monoton und kräftezehrend, doch gleichzeitig auch glamourös und aufputschend.

208 Seiten, Hardcover,
14,90 € (D)

Alexander Wall

Hotel Monopol. Roman.

Ein Café in einer norddeutschen Großstadt. Inmitten des Rotlichtmilieus gelegen zieht es all die enthemmten, verrückten und manchmal auch gefährlichen Gestalten aus der Nachbarschaft an.

Caspar, der Besitzer, muss sich mit unfähigen Partnern herumschlagen, mit falschen Freunden und Betrügereien. Als er sich verliebt und sein bester Freund über den Tisch gezogen werden soll, wird er immer tiefer in die Machenschaften seiner Umgebung hineingezogen.

Alexander Walls Kneipenroman ist häufig so schmutzig wie seine Umgebung. Mal witzig, mal spannend, mal erotisch verlaufen die Geschichten, die er zu einem großen, nicht immer ganz fleckenlosen Teppich verwebt.

112 Seiten, mit Abb.,
9,90 € (D)

Lee Hollis

Strategy for Victory. Short Stories.

The Master of Spoken Punk Rock strikes back!

Ob großmäulige Wrestler aus der Nachbarschaft, das selbstmörderische Treiben der Stöckchenschnitzer in Alabama, die Gefahren eines Nachtbarjobs in Saarbrücken oder die absolut irrwitzigen sexuellen Vorlieben einer fragwürdigen G.I.-Bekanntschaft – der Spermbirds- und Steakknife-Frontmann Lee Hollis steigt erneut in den Ring und erzählt pointiert Geschichten aus seinem Leben ... oder solche, die aus seinem Leben stammen könnten.

Lees Blick auf den ungeschminkten Wahnsinn diesseits und jenseits des Atlantiks ist wie bereits in »Driving in a dead man's car« und »Monsters« mit einer Überdosis Witz versetzt, für die Predigertypen wie Henry Rollins oder Jello Biafra ihren Talar verpfänden würden.

144 Seiten, mit Abb.,
11,90 € (D)

Tom Tonk

Raketen in Rock. 33 1/3 Platten für die Ewigkeit.

Musikempfehlungen vom Plattenpapst des OX.

Raketen in Rock präsentiert Erlebnisse mit LPs oder deren Interpreten, Erinnerungen an eine flockige Jugend, Episoden mit komischen Frauen und kaputten Typen – eine Chronik des täglichen Dachschadens, der auch den schnödesten Schiss urplötzlich zur Lieblingsplatte macht. Denn auch wenn dem Gros der hier vertretenen Sternstunden des Rock der Platz auf dem Olymp durchaus gebührt, geht es in erster Linie darum, dass nicht die Platte, sondern immer noch das Leben drumherum Rock-Geschichte schreibt.

128 Seiten, mit Abb.,
9,90 € (D)

Jaromir Konecny

**Das traurige Ende des Märchenkönigs ...
und andere Sexgeschichten.**

»Das traurige Ende des Märchenkönigs« präsentiert Jaromir Konecny als ein erzählerisches Talent, das selten geworden ist: Seine Geschichten sind rasant geschrieben, fesselnd, voller Humor, aber auch melancholisch und hintergründig. Als »Emigrant«, wie er sich selbst gerne bezeichnet, ist sein Blick auf Deutschland stets gebrochen, voller Fragen und kreativer Missverständnisse. Der bittere Witz seiner Prosa entsteht im Niemandsland zwischen den Ländern, Geschlechtern und Identitäten und hilft, unsere gewohnte Ordnung in Frage zu stellen.

384 Seiten, mit Abb., 17,90 € (D)

Frank Apunkt Schneider

Als die Welt noch unterging. Von Punk zu NDW.

Eine Chronik zur Entstehung und Entwicklung von Punk und Wave im deutschsprachigen Raum von 1978 bis 1985.

Vor dem Hintergrund des Kalten Krieges der späten 70er- und frühen 80er entwickelt Frank Apunkt Schneider eine eigenständige Herangehensweise an deutschen Punk und New Wave. Statt auf die fahle Nostalgieschiene zu setzen, gewichtet er sein Interesse individuell und originell: Neben den mittlerweile kanonisierten Klassikern dieser Bewegung, rücken hier auch Underground-Acts wie Kosmonautentraum, Familie Hesselbach etc. in den Fokus. Schneider zeigt historisch bedingte Schnittmengen auf, erzählt von Freund- wie Feindschaften, stellt Epizentren in der Provinz gegen die Metropolen und knüpft immer ans Hier und Heute an. Mit Cassettographie und einer kommentierten Diskographie.

176 Seiten, mit Abb., 11,90 € (D)

Anne Hahn / Frank Willmann

Satan, kannst du mir noch mal verzeihen. Otze Ehrlich, Schleimkeim und der ganze Rest.

Dieter »Otze« Ehrlich, Sänger und Allround-Musiker der legendären Punkband Schleimkeim, hat DDR-Musikgeschichte geschrieben. Anne Hahn und Frank Willmann (»Stadionpartisanen«) begaben sich auf Spurensuche des Musikers, der 2005 unter rätselhaften Umständen ums Leben kam.

Zahlreiche Weggefährten kommen zu Wort, auch Stasi-Akten sind in die Recherche eingeflossen. Das Buch erzählt von der Punkszene der DDR, dem von Repressionen geprägten Alltag und wie das war mit dem Saufen und Singen, Lieben und Klauen, den Platten und Partys.

528 Seiten, mit Abb., 19,90 € (D)

John Robb

Punk Rock. Die ganze Geschichte.

Nach »Please Kill Me« über die amerikanische Entstehungsgeschichte des Punk und »Verschwende Deine Jugend«, Jürgen Teipels Chronik der deutschen Szene, liegt mit John Robbs Buch nun auch die Geschichte des britischen Punk vor - von den Protagonisten aus erster Hand erzählt. Robb hat alle in lockerer Atmosphäre vors Mikro gebracht: Musiker, Veranstalter, Fanzine-Autoren und Fans. John Lydon, Malcolm McLaren, Captain Sensible, Ari Up, Siouxsie Sioux und zahlreiche andere berichten, was sie zu Punks hat werden lassen; welche Musik sie vor Punk gehört haben; welches die besten Punkkonzerte waren und was sich auf ihnen abgespielt hat.